故事之后，还有故事。青春散场，还有青春。

愿所有怨恨在时过境迁后，皆可化为释怀。

愿所有爱情在物是人非后，都能凝为不朽。

青春最残忍，能把至爱变成陌路人。

若说相杀只因曾经相爱，相爱也必要相杀才迷人。

左丹 著

前男友终点站

A S H E S O F T H E P A S T

北京联合出版公司
Beijing United Publishing Co.,Ltd.

图书在版编目（CIP）数据

前男友终点站 / 左丹著. -- 北京：北京联合出版
公司，2016.10
ISBN 978-7-5502-8876-8

Ⅰ. ①前… Ⅱ. ①左… Ⅲ. ①长篇小说－中国－当代
Ⅳ. ① I247.5

中国版本图书馆 CIP 数据核字 (2016) 第 241915 号

前男友终点站

作　者：左　丹	选题策划：盛世肯特
出品人：唐学雷	出版统筹：柯利明　林苑中
特约监制：丁元元	特约策划：青　艳　田雨露
	杨笑笑　夏　之
责任编辑：孙志文	特约编辑：杨超男
特约校对：雕龙文化	装帧设计：弘果文化传媒
责任印制：张军伟	封面插画：黄雷蕾
图片摄影：叶　夏	

北京联合出版公司出版
（北京市西城区德外大街 83 号楼 9 层　100088）
北京彩虹伟业印刷有限公司　　新华书店经销
字数 170 千字　　880 毫米 ×1230 毫米　　1/32　　8.5 印张
2017 年 3 月第 1 版　　2017 年 3 月第 1 次印刷
ISBN 978-7-5502-8876-8
定价：36.00 元

Contents

目录

Contents

目录

　　我有一朋友，她最近失恋了——和她从大学开始相恋的第三任男友，结束了一段长达五年的恋情。她叫叶薇，他叫沈澈。

　　他们大学同班，毕业后他去美国留学，她在这边守候，像个待字闺中又望夫归来的怨妇，两年内没参与过任何朋友聚会，没置办过一件新衣服，连内衣都没买过，除了家人和沈澈几乎不与外界联系。不过话说回来，世界于她貌似也就只有家人、男友和工作这方小水沟大的天地，她趴在一片漏了洞的树叶上，生怕来了风雨翻了沟，其实她以为的翻江倒海不过是路人一口唾沫激起的水花罢了。

　　两年的异地恋，半年的分分合合，最后一两个月更是争吵不休、恶语不断，结束的那几天里，叶薇把她 25 年的脏话都说尽了。相爱的两个人非要闹得不可开交，火星撞地球两败俱伤才肯罢休，最后沦为互相憎恨、各自遗憾的陌路人。

小学时因为太聪明而跳级的天才沈澈，处处散发着自以为是的傲慢。同龄男生尚且要比女生心智不成熟，何况年纪比叶薇还小几个月的他。这次分手的导火索是他在微博上没有回复她的评论，大学时参加辩论赛获得"最佳辩手"称号的沈澈极力狡辩，更是责怪她蛮不讲理、不依不饶。

战火随即蔓延，愈演愈烈。后来叶薇发现沈澈和别的女生在网络上公然暧昧地调情，言语亲密得就差把艳照发上来了，那个贱人更是甚爱用"亲亲"的表情。有人说天秤座的男生都花心，幽默机智、能言善辩又天生一副好皮囊的沈澈声称，他从来没有主动追求过一个女生，都是她们自己送上门，可他却是来者不拒。他们在一起之前，叶薇曾因此对他深恶痛绝，本以为后来的他已经痛改前非了，谁知还是本性难移。

叶薇恨不得飞到美国去把他大卸八块，怒火让大脑血管和语言中枢神经一时堵塞，除了泼妇骂街她做不出任何本能反应。可话出口的顷刻间，他看不到也不在乎的眼泪不争气地飞奔而出，浸湿了半拉枕头，翻个身又浸湿了另外一半。

就这样一轮又一轮无休无止地争吵，她看不到那个每天称呼她为宝宝的男人，看不到那个在她面前撒娇的孩子，看不到那个保护她、拯救她、为她顶风遮雨的骑士，看不到那个因为她穿高跟鞋走不动路就背着她从地铁站走回学校的爷们儿，更看不到那个喊着要跟她结婚生子、许诺给她一个美好未来的人。电话和电脑屏幕对面的那个人，是一个她既害怕又憎恨、从未相识又不得不面对的人。当初信以为真的承诺，现在看来只是信口开河的荒唐。

当她想到他以气她之名给自己消遣寂寞、寻欢作乐找借口，就会反胃干呕。她刚离开的席位还热乎着呢，难道别的女的这么快就闻风而至、前赴后继吗？还是他觊觎已久，早已经迫不及待地奔向花花世界、蝶舞蜂缠的诱惑怀抱？再多真心付出和曾经拥有，终抵不过他天性中的狂躁不安，和内心杂草丛生、开花结果的淹没。时间只不过是顺水推舟，为他做个人情罢了。

"你没有非我不娶的痴情，我也不是你命中注定的独一无二。我不稀罕你吝啬的爱，或者这连爱都算不上！带着你的虚情假意和厚颜无耻滚出我的世界！以后各走各的，老死不相往来！"这是叶薇给沈澈发的最后一条微信。自尊心爆棚的她，总是可以底气十足地说出如此决绝的豪言壮语。

"嗯。"随着沈澈轻描淡写的回应，两个人五年的青春、感情、信任、不舍、一点一滴琐碎的小幸福和不断搜集来的满瓶的小快乐，就这样被自己亲手摔碎，落地的瞬间烟消云散，这是一种多么故作洒脱的悲壮啊。

然后她便把这位前男友的微博取消关注，人人网解除好友，通讯方式全部删除，断得干干净净，没有一点拖泥带水。每段感情中，她都是这样的狠角色，爱得不遗余力，恨得不留退路，好聚好散的不温不火实在不适合搭配浓烈辛辣的恋爱交锋。

失恋这事，说大不大，和山崩地裂、亲人离世以及各种惊心动魄的天灾人祸比起来，实在微乎其微，不值一提；可是，它说小又不小，有人为它割腕跳楼，有人因它自甘堕落，也有人受了打击却更加发愤图强，于是各种名人的励志故事层出不穷。

叶薇没有自我了断的勇气，也没有自我提升的魄力，她就像大多数人一样，大哭一场，躲藏在被窝里，一个人慢慢消化她那吃了自助一样急速膨胀的悲伤。

说大哭一场其实不确切，失恋的人是这个星球上最易碎最危险的生物，任何一句话、一段旋律、一个音容笑貌都可能成为比手枪更致命的催泪弹，情绪一触即发。

开始叶薇还给各种类似朋友的人打电话哭诉，可后来她发现那些所谓的朋友，也不过是一群看热闹、找乐子、敷衍安慰的秃鹫，啮噬完感情尸体所能带来的好奇心的最后一点养分，便拂袖而去，毫不留恋，就连施舍给她的不屑一顾都变为另一番残忍。后来她想明白，世界太大，我们太小，小到没人愿意浪费捻死一只蚂蚁的力气，去在乎另一个人的悲喜，存在感是多么荒唐偏执的奢望。

傻姑娘，喜怒哀乐不足为外人道也。你双手捧上的真心，换来的连狼心狗肺都没有；你刻骨铭心的悲伤，于别人也不过是茶余饭后的谈资和笑料罢了。

炎夏酷暑桑拿天，她不开空调也不开窗户，连窗帘都严丝合缝地紧闭着，仿佛空调的冷气能冻伤皮肤，窗外的热气又会烫伤自己，缝隙里渗透的阳光也会刺穿心脏。这间手掌大小的一居室里，甚至都可以闻到尸体腐烂、食物发霉、墙壁生锈的气味。

于是，经过这足不出户的三天，她的家已经成为原子弹爆炸现场，惨不忍睹，她伤心的证据俯拾即是。想起小学时所学"感时花溅泪，恨别鸟惊心"的诗句，便越发觉得失恋和战争所遗留的后遗症有着殊途同归的意味。

一阵急促而粗暴的敲门声打破了她沉溺的死寂，惊慌中的她随便裹起一件大衣，找不到拖鞋只好赤脚奔向门口。她似乎都不知道该怎样开门，屏气凝神，准备承受外界对她残酷的打击。这三天来她所嗅到的第一股来自屋外的新鲜空气，竟然是一个查煤气的大妈带给她的，这也是她这些天见到的唯一一个鲜活的生物。

"把你们家煤气卡拿出来！"大妈的高分贝把一直处于无声真空状态的叶薇震得一时耳鸣，饥饿和无力感让她分不清这是梦境还是现实。

她记得把房主交给她的煤气卡放在一个地方，可她忘了是哪儿。本来就难以下足的小房间，经过她的翻箱倒柜俨然一派充实满足又生机勃勃的热闹景象。可对一个寻找煤气卡的人来说，却比在太平洋打捞一具名叫"沈澈"的尸体还要困难和夸张。

这次的搜查行动却让叶薇发现了一个一直掩埋的真相，她找到了煤气卡，却没有找到任何沈澈爱过她的证据。她甚至开始怀疑这个人究竟是真实存在，还是她臆想出来的一个空气男友。除了回忆，这五年沈澈什么也没有留下，就连一个几块钱的小物件小惊喜，或者一封字迹潦草却饱含深情的情书都没有送给过她，而回忆是一只多么不牢靠、飘忽不定、一碰即碎的氢气球啊。

几乎他所有的衣服、鞋子、袜子、内裤，他从里到外、从头到脚，都是叶薇逛遍大街小巷亲自为他挑选购买的。沈澈出国后，叶薇更是隔三岔五就邮寄个越洋包裹，自己那丁点可怜微薄的工资都耗在了邮费上，这才是礼轻情意重。沈澈不是没钱，他的家庭条件比叶薇优越得多，他也不是不想为叶薇花钱，可每每他说要给叶薇买衣服时，叶薇便会推辞："你那品位还是算了吧！"她只是不想图他什么，也不想欠他的，不想欠任何人的。即使有一天分开了，她也要干净磊落，问心无愧，也要让沈澈铭记自己的亏欠，让他为失去这样不因物质而跟他在一起，并且死心塌地对他的好姑娘而抱憾终生。可她也许从未换算过，用自己二十几岁大把大把的青春好光景，去兑换一个随时可以另寻新欢的人心痛一辈子，或许只是一阵子，到底值不值得。

写作好手叶薇大学时的某个假期，曾经天天为沈澈写"爱心日记"，厚实的整整一本，但是他竟然没有一点回音，失落让她没有勇气继续。后来一次争吵沈澈竟然把日记归还给叶薇，让她自己看看当初多用心。时至今日，叶薇才恍然大悟，沈澈把她对他的好都看成了理所应当，甚至拿把尺子衡量着从始至终的好坏标准，不达标了便要接受惩罚，回炉重塑。

就像大学时，叶薇几乎每天起大早去给他买早餐，她向来是急脾气、慢性子，动作效率极低，因此更要比别人早起一小时，才能不迟到、排上队，买到和别人一样丰盛的早餐。而他也很少领情，总说没有吃早饭的习惯，又不喜欢吃热的东西，非要把热腾腾的煎饼和豆浆晾凉了才吃，还责怪她把他都喂胖了。就是这样的大少爷，她无微不至地伺候了他三年，她自己都觉得贱到家了。从前那副清高的高不可攀的傲骨，沦落成现在如此卑微的任人宰割的羔羊，可悲的是卑微换不来别人的尊重，只会让人更加鄙夷。

叶薇一边回想着自己的屈辱史，一边痛哭流涕地把那本当作罪证的"爱心日记"一页一页撕碎，同时化为齑粉、散落一地的还有自己破碎不堪的心。

　　这时表姐夏蕾登门造访，看到蓬头垢面的叶薇和杂乱不堪的房间着实吃惊得给噎着了，嘴张了半晌，下巴要是没托住都差点脱臼掉地上。

　　椅子都被脏衣服、旧书本和乱七八糟的杂物霸占着，叶薇把被子往旁边一撩，灰尘在空气介质中欢腾，总算找着个能坐下的位置。表姐没有坐下，而是挥着手驱散着尘土，疾步走去打开窗帘和窗户。多日不见阳光的叶薇，下意识用手遮挡那刺眼又刺穿心脏的明媚，迎面拂来的一缕清风抚摸着她那披散着却油腻的长发，甚是轻柔，她忘了多久没有人这样柔情待她了。

　　夏蕾颇为嫌弃地环顾四周："你这还是人待的地方吗？我刚才

还以为自己进错门了，不知道的还以为这是一公共垃圾场呢。那味儿，好家伙，我们家楼下那哈士奇跟你这一比，身上简直都跟喷了香奈儿5号似的。"

叶薇一边去厨房刷杯子、烧开水，一边听着夏蕾毫不留情的数落。

"外面三伏天这么闷，我坐这都直冒汗，你竟然不开空调也不开窗户，你要是只小白鼠，早被憋死了。你说你挺爱干净一姑娘，不就失个恋嘛，你至于吗？"

叶薇递给夏蕾一杯滚烫的开水，想要堵住她的嘴："您来了不就蓬荜生辉了嘛！您大驾光临寒舍也不提前通报一声。"

"我这都四脖子汗流了，你还给我喝热水！"

"没饮料了，凑合喝吧。"

"你现在这鸟不拉屎的地方，有饮料也八成是过期的，我替我这肠道还有五脏六腑都谢谢你！"

夏蕾比叶薇大一年，是叶薇她姑姑的孩子。这姐妹俩从娘胎里出来就基本上天天腻一块了，确切地说是天天吵架，吵红了眼就上手抓，头发都揪掉好几撮。见面就掐，分开又想，从来不以姐妹相称，就是这样一种难舍难分的情谊。长大后聚少离多，吵架也自然消减了。可她们的性格始终就是一首歌名《一个像夏天一个像秋天》，天壤之别。面对夏蕾的熊熊气焰，叶薇现在更多的是笑而不语，默不作声。只有在伤害她的男人面前，叶薇才无坚不摧地像个敢死队的战士，用外表坚硬的铁甲钢盔捍卫自己不可一世的自尊心，而此时的她却像只泄了气的气球，戳烂了也没有爆炸的力气。

夏蕾问及叶薇那一地纸片，叶薇向她诉说了自己这段不堪感情的前因后果。夏蕾听了火冒三丈，更是极尽她说脏话之能事咒骂这个欺负妹妹的混蛋。

"我本来一直以为你俩挺好的，觉得吵吵闹闹就完了，没想到还真玩完了！你竟然还傻不拉叽地一直受着，你这是找男朋友呢还是找儿子呢？！"

夏蕾说得没错，叶薇是傻，当初沈澈也是看准了她的傻。表白的时候那句话多动听啊，简直就是天籁："我就喜欢你傻，我想保护你，想跟你一块儿犯傻！"可现在回看一路，犯傻的只有叶薇一人，从始至终，彻头彻尾。叶薇想到这里，不禁笑了。

"你也觉得特可笑吧！就为了这么一傻 X，你还日思夜想，还消沉堕落，还为他天天以泪洗面啊？你都多久没出门了？"

"三四天吧。"

"也不上班了？"

"请病假。"

"我看你是真病了，你也擦擦你们家那么多的镜子，好好照照自己现在这德行，面黄肌瘦，披头散发，整个一荒村客栈里的孤魂野鬼，别再把自己给吓着。"

"我自己一人跟家待着，瞎打扮什么啊。"

"自己一个人才更应该吃香的、喝辣的、穿好的，更应该善待自己、活得精彩啊！"

"嗯。"叶薇有一句没一句地应着。

"现在赶紧换身衣服，跟姐走！"

"干吗去啊？"

"姐带你逃离苦海！"

夏蕾建议叶薇把那满屋子的过时尾货通通扔掉，或者给捐了，不然别人还以为她才是该接受捐赠的灾区妇女。时尚前卫、从来只穿国际奢侈品大牌虽然多数是 A 货的夏蕾，带着叶薇置办新包、新鞋、新衣服，又是剪发、做美甲，又是美容、修眉毛，从头到脚，焕然一新。叶薇都忘了有几年光景没有这样打扮过自己了，顿时觉得愧对青春。

"你说，咱玩得起小资情调，也吃得了路边烧烤；听得懂阿黛尔，也唱得好张惠妹；能把日韩原单穿得不那么矫情，把欧美大牌穿得不那么浮夸，还能把地摊货穿出国际范儿。咱不会嗲声嗲气地向谁撒娇，也不愿意吃谁喝谁欠谁的，可咱也有一颗柔情似水的心啊！凭什么非得到别人的故事里当配角啊？凭什么就要卑躬屈膝、低人一等啊？"

叶薇觉得夏蕾在近似愤青的时候，是她人生智慧闪光的制高点，不过她说的话的确给了叶薇一剂清醒药。后来叶薇把那些日记碎片伴随混杂缭乱的心绪，一个包裹扔到了美国。这里终于彻底清除了沈澈存在过的一切痕迹，连气息都被开窗通风后的新鲜空气取代，叶薇深吸一口气，准备大跨步地朝着新生活勇往直前。

第二天，叶薇踩上一走两拐、恨天高的麂皮编织厚底高跟鞋，穿上自己华丽丽的、绝无仅有的抹胸连衣裙，背上最昂贵的、从夏蕾那顺来的名牌蛇纹皮包，动用自己鲜少展现的化妆撒手锏，擦上一抹艳红如血的复古性感丰唇，准备以崭新形象示人。

她发现"人靠衣装马靠鞍"这话真的不假，原来从来不刻意打扮的自己扮上相，也可以这般摇曳生姿、风情万种，好像女人踩在脚下的不是高跟鞋，而是全世界。更重要的是，一马平川的她往胸前塞了三个垫子，终于使得平坦的"飞机场"变得略有沟壑起伏。别说公司同事目瞪口呆，就连自己都不敢与镜中的女人和一路别人的目光相认。

心情大好的她刚到办公室就被告知新来的上司要见她，并且迫不及待地想跟她叙旧。她顿时感到后脊梁一阵刺骨冰凉，头顶上压抑着的一小块乌云，连同惴惴不安之感，追随着她步履沉重地来到那位新上司的办公室门口。她硬生生地咽了口唾沫，下意识地敲门推门，映入眼帘的是一个背对她靠在桌边、纤瘦高挑的性感女人。那个女人优雅地转身，她觉得那个瞬间画面一定增加了升格，变成百分之六十的慢动作效果。她上空的那小块乌云在不断聚集的同时，骤然来了一个干脆利落的霹雳闪电，将她好不容易穿在身上的坚强外壳，刹那间劈了个粉碎，世界也再一次沦陷崩塌。

值得庆幸的是，叶薇如夏洛克般灵敏直觉的准确性，再一次得到了不可否认的验证；而不幸的是，她的这位新上司的确与她有着不浅的交情，并且是名列她黑名单女生版榜首的高中同学——纪念。

这些年纪念变化很大，不仅仅因为她把头发烫卷了，衣着也从高中时期装可爱的 a02 变成了高端大气的国际大牌，更是有种职场女性的成熟干练，还有佯装出来的优雅高贵，但是始终没变的是她那双单眼皮的大眼睛，还有骨子里散发的风骚妩媚。

叶薇面对这突如其来的灾难，选择了像鸵鸟一样自欺欺人地逃避，暂时性忽略纪念客套寒暄的开场白，大脑开始 3D 电影般回放起高中那段不堪回首的"友情"。

高中时白皙瘦高的纪念，在学校算得上是引领潮流的标杆性风云人物，那时女生们以各种方式趋之若鹜地效仿着这位众男心中的女神。她们大拨轰地去剪了齐刘海，脸侧还耷拉下来两撮儿，后面的头发在脑瓜顶上高高地梳成一个小鬏鬏，松松散散的颇有日韩范儿；做操时放眼望去校服背后尽是 a02 的猫耳朵帽子，校服的袖子和后面被写满了各种很傻不拉叽的中英文标语，自以为多独树一帜地展现个性；夏天时把校服的七分裤剪短，满校园都像穿着内裤到处跑的细长腿大 party，然后脚下踩着五颜六色的匡威球鞋或者耐克板鞋，在向来宠爱纪念的班主任老师怂恿下，就连学校都妥协了这种擅自私改校服的逾越行径。

对时尚不感冒的叶薇，从来也不在其列。高二文理分班后，铁定选择文科的叶薇莫名其妙地被分到了六班——全年级漂亮女生集中营，另一种叫法就是做作女生钩心斗角的多事之地，其中的典型人物便是纪念。内向的叶薇在班上形单影只，最多只和以前同班的两个女生说两句话，在擅长拉帮结派的高中时期，女生们连上厕所都要手拉手，下课就往班门口杵，叶薇她们这种特立独行的举动使得她们被视为同学眼中冷漠高傲、格格不入的怪咖。

叶薇的初恋萧林风在理科班，他长相平庸，个子不高，皮肤黝黑，看上去很瘦，但是多才多艺，会弹钢琴、跳街舞、画漫画，打篮球也好，那个时候这样的男生很吃香，因此女人缘很好。但萧林风仍是叶薇的小世界，在每个时期一个人总要有自己的避风港，在里面她可以不用顾及任何流言蜚语的侵蚀，这是她独一无二的领域，是她单纯美好的臆想，也是她习惯性依赖的致命弱点。

一次体育课补考跑八百米，班里为数不多的女生里有叶薇和纪念，文绉绉和柔弱弱的女生向来都视长跑为天敌。在最后一圈冲刺的时候，纪念成为最后一个，叶薇在她前面。空气凝固了，聚光灯打在被远远甩出队伍的这两个人身上。叶薇回头看纪念快跑不下来了，善良和热心作祟促使她伸手向后一把拉住纪念，不知从哪里来的力气，叶薇猛地发力一路将纪念拽到了终点。刚刚好两个人都及格了，一秒一毫都不糟蹋。

解散休息时，叶薇独自站在操场的大榕树下喘着粗气，仰望着树叶间隙渗透的细碎光影，突然被一颗糖挡住了视线，她转头瞥见以前同班的女生拉着纪念满脸笑意地站在身旁。尽管置身红尘外的叶薇一直讨厌这个旋涡中心的纪念，但是谁也不会拒绝用阳光来交换抹茶红豆味的牛奶糖，还有一份毫无敌意的微笑，于是这变成了她们的开始。

"你知道吗，我之前就很喜欢你的文章呢！有点小小的倔强和叛逆。"在教室靠窗的座位上，纪念让叶薇在自己校服袖子上画一个小太阳，阳光洒在两人身上融化了时间。

叶薇聚精会神地沉溺在自己的大作中："画好了。"

纪念笑盈盈地看着袖子上阳光留下的印记，痴痴地说："你就像我的小太阳那么温暖，我以后就叫你'暖儿'好不好啊？"

叶薇面对这么矫情的称呼感觉既无奈又甜腻，毕竟纪念是唯一一个认为温暖可以代表她的人。于是两人就这样"扑哧"一下傻傻地笑起来，纪念也同样在叶薇的校服袖子上画了一个有笑脸的小太阳，作为彼此的暗号和图腾。

矫情似乎是青春期特有的标签，青春期的矫情还跟被中年人朋友圈的心灵鸡汤刷屏不同。那是我们有无限勇气可劲儿作的动力，也是我们不留退路拼命去爱，却又因为一条短信一句话就甩手走人说放弃的始作俑者。那些年能够让自己可劲儿作的底气，不仅仅来源于矜持和那个人不会离开自己的坚定，更是深信自己一定会拥有远大前途并遇到更好的人。来日方长，你算老几。对待爱情、友情、人情，大概都有一股子傲慢。

纪念摇身变成叶薇在班中最好的朋友，叶薇也像其他女生那样去厕所、上体育课都有同伴相随，上操的音乐响了便等待着纪念来拯救她。纪念有时上课会传纸条给叶薇，再画一个小太阳，叶薇回头看她，用眼神做一个回复，两个人默契地相视一笑。

"听说你最近失恋了，我觉得这本书你留着读也不错。"跳出回忆，叶薇从纪念手中接过这本《百年孤独》，翻开扉页，上面赫然写着："祝你孤独，且长命百岁。"

生于和平年代的我们都害怕战争，而这记事的二十几年来，叶薇却未曾脱离硝烟弥漫、火药十足的"战场"，从小时候父母打架争吵离婚，转移到青春期与更年期的碰撞对峙闹矛盾，再到长大后与朋友恋人闹掰背离绝交。

在青春那场兵荒马乱的战役中，鲜有大获全胜的一方，我们只是命运手下冲锋陷阵的敢死队，生死存亡都身不由己。幸运的人会有并肩作战的队友做掩护，共同对抗孤独无助、时光无情的洪水猛兽；不幸的人只能孤军奋战，甚至沦为落荒而逃、丢盔弃甲的逃兵。

但是别忘了，战争是最磨砺人意志也最能体现人性的，尤其是僵持不下的持久战。所以我们的成长，本质上都是从这些此消彼长的纷飞战火中收获得盆满钵满的，无论那些结果于我们是好是坏。

周遭箭如雨下，杀声震天，白骨露野，兵败如山倒，我们以所向披靡、势如破竹的阵仗开场，却以无处遁形、无路可退的慌张畏惧收尾。我们或许会忘记，自己是怎样在烽火连天之日、四面楚歌之时，带着尊严苟延残喘的，但我们清楚即使牺牲，即使溃不成军，也不能舍弃那不可一世的自尊心，这是青春留给我们最后的防线。

"你是我在这里最好的朋友！"

犹记得一次政治课，老师让大家给班上一位最好的朋友写封信，叶薇花了一宿时间，放下华丽辞藻的外表，写了足足七八页纸，她精心挑选珍藏的信纸和信封，小心翼翼地折好。她想到什么又把信封拆开，在信纸最后画了一个小太阳。而信的最后一句话便是："你是我在这里最好的朋友！"虽然现在回想起这话，叶薇特想狠狠抽自己俩嘴巴，但彼时彼景那却是她再真诚不过的心声。

"暖儿，我们是趋近于相同的人，同样的敏感，同样的好强，同样的没有安全感……我说你是我的小太阳，所以我也要做你的港湾……"收到纪念的信叶薇内心升起一阵融融暖意。虽然她并不知道，她们之间永远只能是约等于，一切相似的性格中，叶薇是源自与世无争，纪念则是出于侵略性的不满足。

尽管她们在学校时形影不离，朝夕相伴，然而放学后叶薇还是会和萧林风一起坐公交车，纪念则和数不胜数的其他朋友们一起走路或者打车回家。一次萧林风心血来潮，骑着自己的山地车来学校，放学后便让叶薇坐在车的前杠上。他们穿行于车水马龙的新街口大街，一路加速飞驰，左摇右摆，以青春无敌无畏又无悔的心态，大肆炫耀着自己无法伪装的快乐。他们的尖声惊叫引来路人阵阵目光，其中也包括慢悠悠地保持姿态在路上摇曳着的纪念。叶薇与纪念的目光有那么一瞬是碰撞的，并且被纪念诧异而尖锐的目光狠狠地灼伤了视网膜。

"我昨天放学看见你俩了，你们还喊得那么大声，你还和他挨得那么近……"第二天谈起时，纪念不可思议的语气中隐含着谴责的意味。

叶薇腼腆地笑笑："就是好玩嘛。"

"好玩？"纪念单眼皮的大眼睛溜溜地转着，若有所思，"多丢人哪！"纪念一副替她羞红了脸的样子，叶薇也只能尴尬地赔笑。

一次周五放学，叶薇和萧林风在公交车上，看见踽踽独行、低头嘟嘴的纪念，一脸被人放鸽子的不爽神态。他俩便在前面的车站提前下车，佯装着与纪念不期而遇的巧合。既然有缘邂逅，怎能放过缘分轻易回家。为了逗纪念开心，他们商量着一块儿去附近吃烤串和盐酥鸡，这么不符合身份的场所纪念当然不屑，最终三人绕远去了一家新开张的小资甜品店。

那天的水果捞很甜腻，点心很软糯，奶茶很暖心，连背景音乐都清新温暖得不像话，三个人分别在墙上写下年少轻狂的誓言标记。纪念写下三人的名字，并在每个名字旁边画了一颗心，叶薇写下我们最轻易说出口却难实现的"forever love"，萧林风用漫画画下并肩携手、满脸笑意的三个小伙伴。

这三个小伙伴在寒风中手拉手，不顾世人眼光，在大街上放肆地奔跑狂笑。他们在把纪念送回家的路上，途经一片高档公寓小区时，纪念突然驻足停留，径直走向大门却被保安拦下，她趴在偌大的黑色雕花铁门上往里窥探。很难想象在市中心能有这样幽静神秘的领域，仿佛钢筋水泥的森林深处隐匿着气质高贵的华丽城堡。

"好像城堡！"纪念看着那个冷冰冰的建筑物，眼中却燃烧着炽热的火焰，"我以后挣钱了一定要买下这里的房子。"

"可是你家住的也是高档公寓啊！"叶薇也仰望着这座城堡。

"这里才会是我纪念以后的家！"

纪念那种眼神叶薇至今难忘，那种让人又害怕又心疼的眼神，如果你也见过才会明白什么叫作执意的野心和欲望。

这个学期相安无事地过去，假期有好一段时间纪念和叶薇没有互相联系。即便再亲密无间，她们仍然都不肯低下向日葵般倔强的头颅，都矫情地奉承着"你不想起我，我便绝不会主动联系你""你不够在乎我，我也绝不会把你放进眼中丝毫"的信条，她们都清高地不肯妥协，不肯退让，不肯放低比天高的自尊心，这般执拗才是她们性格中最接近的部分。

寒假过半，一个同学的家长有些关系，老师便组织全班去首都剧场看话剧。大家到得早，在门口仨一堆俩一伙地等候着，以相互取暖的姿态拥抱着抵抗寒风的肆意无情。人群中叶薇寻觅着纪念的身影，看见远处一群人以彗星围绕地球转的排列组合把纪念捧在中心，叶薇推搡着从人缝中钻了过去，在她们身旁站了许久，找不到契机跟她打个招呼。纪念对此视而不见，在结束了一个热闹的话题后，她察觉有些不合适，才以比寒风还冷漠的语气随口一问："你怎么来的？"未等叶薇答复，她就迫不及待地转过头去继续那无止境的欢乐。叶薇很识趣地默默走开，她能感受到来自身后的不屑嗤笑和鄙夷目光。她一个人远离人群和灯火阑珊，站到一个被遗忘的角落里哈气焐手，冷暖自知。眼泪悬挂不住了，但不是因为孤独，也不会为他人掉泪，只是寒风留给她的温情融化了干涸的泪腺。

此后，她们两个更是断了联系，互不往来。不久学校便开始补课，叶薇恢复了独来独往，让她唯一感到慰藉的是她还有萧林风，还有这个可以依赖可以停泊可以不畏天塌地陷的小世界。他们还是每天放学一块儿吃小吃，一块儿坐公交车，一块儿交流彼此的喜怒哀乐。

每每下课同学们都像号里放风似的，蜂拥而至，把男女厕所都挤得水泄不通，排着长长人龙，比等待幸福降临还坚持不懈。叶薇便绕道去教学楼侧的教职工厕所，想尽快回来写作业。由于这边是实验室区域，不做化学实验的补课期间自然人稀冷清，阳光倾斜洒入，拥抱绿幽幽的墙壁，暖昧却不躁动，沉静得像是没有鸟鸣的丛林深处，连喘气心跳都清晰异常。

叶薇解决完毕，听到有人在楼道吵架，她小心翼翼地窥探，楼道尽头有一男一女，声音如此熟悉，可惜近视的叶薇没戴眼镜来观望这出好戏，不过显然他们的气质不似阳光和墙壁。

"咱们俩的事你打算拖到什么时候才跟她说啊？！"女生以泼妇的口吻说，却仍保持着淑女的姿态。

男生懒散颓废地靠着墙壁："再等等吧，毕竟跟她在一起快两年了，不可能说断就断啊！"

"每次都是等！你要是拉不下脸，我去跟她摆明了。"女孩有些沉不住气。

男孩无奈地冷笑了一声："你去说？那可是叶薇！我再了解她不过了，她不把你骂得狗血淋头再撕成碎片就不错了！没准还把咱俩的事添油加醋地写到网上去，弄得咱们成了全校的笑柄。"

"叶薇"，这个名字像是当头一棒，像是狠辣辣的一记耳光，此时显得如此陌生，场景也恍如隔世。这桥段是电视剧里经常上演的，她没想到有一天自己也会不情愿地出演这烂俗窠臼的悲剧，更没想到自己会是那个被欺瞒得最惨的苦情受害者，而那对男女会是自己的初恋男友和曾经最好的朋友。没有编排，没有预演，她的大脑一时短路空白，狠狠地咬着自己的手臂，希望剧烈的疼痛感能够刺激神经让自己尽快从噩梦中清醒。

不知道有观众的他们又争执了两句，无果的情况下萧林风把不断叫器的纪念拉入怀中，紧紧相拥："宝贝儿，我一定会给你幸福的，相信我。"这番话叶薇再熟悉不过了，只是他现在换了对象。

叶薇想哭，可是她知道她不能，她不能在击败她的人面前示弱，这是她最后一点卑微苟活的尊严。

"你们不用纠结由谁来告诉我了。"叶薇深吸一口气，以最端庄平静的姿态不慌不忙地向他们走去，心跳声远比脚步更沉重。

他们被这突如其来的画外音吓得立即松开了怀抱，如受惊后四散而逃的鸟兽。他们看着远处光区里有个人影走来，萧林风挺身护在纪念身前，大义凛然地等待接受审判。

"好样的两位，这出声泪俱下、百转千回的琼瑶剧，看得我都

想为二位拍手叫好。"叶薇走近了却仍是个阴影，顶着背后巨大的
光环，"可惜有一点你说错了，你一点都不了解我。我不会骂你们、
打你们、害你们，也不会把你们的事四处宣扬，因为我根本不屑于
与小人斤斤计较。"叶薇能听见自己的心碎了一地的声音，即便如
此，她还是不顾牺牲，挺直了腰板站在他们面前，风轻云淡地说着
如此有骨气的豪言壮语。

"叶薇，事情不是你想的那样……"萧林风犹在做困兽之斗，
试图做于事无补的解释。

"够了！"随着叶薇怒吼的回声，上课铃也恰到好处地尖叫起
来，这刺耳的声音比用指甲划一块巨大的黑板还漫长而煎熬，三个
人都默契地如哀思般低下了头。铃声结束后空谷回音仍驻足，过了
半晌，叶薇才开口："你们继续演戏吧，我没时间做你们的观众。"
说罢便从他们身边扬长而去。

萧林风在背后喊她的名字，绵延回音拉扯着她，可不管她有多
不舍多不甘，眼泪都桎梏住她让她不能回头。是的，她已经没有回
头的余地和退路了。

"你不想知道为什么吗？"一直沉默不语的纪念冷静得让人害
怕，"为什么我和他会在一起，你应该很疑惑吧。"

叶薇停下脚步，站在楼梯上，没有转身。

纪念往前走着，一字一句说着，声音不嘹亮，却再清楚不过：
"因为你是叶薇，你是那个永远骄傲、永远不肯低头、永远自尊心
大于一切的叶薇。对他而言，你是全世界；对你而言，他只是一个
人，甚至只是一个奴隶、一个宠物。而我，你不过把我当作这里、

这个班最好的朋友罢了，走出这个班，我对你来说就什么都不是。"

那封七八页的信，那句发自肺腑的话，叶薇着重写的是"最好"二字，而纪念看到的却只有"这里"。

叶薇咬着下嘴唇，强忍住哽咽，故作镇静地说："在你众多朋友当中，我也不是独一无二的，不是吗？对于你们，至少我曾经真心实意地……"很多字眼到了嘴边又被她吞了回去，比如"爱"，"可现在，我宁愿从没有过。"说完叶薇便匆匆离去，她不想让他们听到自己的啜泣，从而幸灾乐祸或者施舍同情。

后来，叶薇去书店买了两本《百年孤独》赠予他们，并在扉页写上："祝你孤独，且长命百岁。"听说不到一星期他们就分手了，可是叶薇与这两个人不共戴天的仇恨便就此结下，这场无疾而终的闹剧也在他们各自的感情中留下烙印。

久别重逢之后，人生赢家依旧是纪念，和当年取得阶段性胜利一样。虽然当年的胜利只是暂时，虽然她不择手段，赢得如此不光彩，可毕竟她不是输家，她向来也不肯当输家，她信奉的真理始终寻觅不见的一条是："不以成败论英雄。"

其实哪里有大获全胜的一方，不过是三败俱伤罢了。在情感的战场上，胜之不武并不可耻，虽败犹荣才可耻、可悲、可怜。牺牲了爱情，摧毁了友情，所有的真心都付之东流、分崩离析，变成轰然坍塌的废墟，无法舍弃也无法重建，这便是青春这场战役中最惨烈残忍的部分。

走出回忆，也走出这位新上司的办公室，叶薇神情恍惚，想找个没人的角落躲起来，稀释一下自己的难以接受。她抱着《百年孤独》，略显凄凉地走近洗手间，把垫子从憋闷到喘不上气的胸前抽出来。她用凉水洗脸让自己好好清醒，兴高采烈的浓妆瞬间滑稽得像个小丑，洗脸的好处是你分不清哪些是清澈的自来水，哪些是可耻的泪水。

叶薇看着镜中的那个人，一脸崩溃扭曲，不禁拿起手边的书向"她"砸去。书掉到了水池中，扉页上的墨迹经过多年沉淀终究还是被水冲得一溃千里，变成黑色的血液，比羞辱感更可悲的是自作自受。

叶薇把那本滴血的书随手扔到垃圾箱内，她看着自己，正经却不算名牌大学中文系毕业，大型杂志社工作的小编辑，在这里工作了两年多仍庸庸碌碌。而纪念高中时的成绩与叶薇相差甚远，也只上了个三流的大学，如今却摇身一变成为全国知名大型杂志《新浪潮》的主编。纪念到底有何奥秘？叶薇百思不得其解。

周末叶薇与夏蕾相约在星巴克，夏日空调房里斜斜的午后阳光，晒得人慵慵懒懒，打不起精神，可是激烈浮躁又快节奏的现代生活，容不得人们安然无忧地享受这份惬意。

"辞职？！"夏蕾被一口摩卡呛个半死，拿纸巾擦着嘴。

"一山难容二虎！不蒸馒头争口气！士可杀不可辱！不是她死就是我亡！"塞了一嘴的蛋糕还没来得及下咽，叶薇就愤愤不平地说道。

"歇菜！"夏蕾拿小镜子涂着口红，"都怪你害我失态了，我今儿抹的可是香奈儿的口红！"涂完还不忘对着镜子臭美一翻。

"现在连口红都有 A 货啦？做得还挺精致的，跟真的一样，中国人民的智慧真是伟大！我真心觉得，这仿造技术可以成为中国第五大发明。"叶薇继续往嘴里塞着东西，一边研究夏蕾的香奈儿口红，一边喃喃自语地感慨着。

夏蕾眼睛一瞪，立马急了："什么 A 货啊？！这可是正经八百的香奈儿专柜夏季限量款！你看它 blingbling 的嫩粉色，跟我白皙的肤色多相称啊！"她又自我欣赏地照起镜子来。

叶薇做呕吐状，夏蕾给了她一个同样 blingbling 的白眼："吃多了吧你，打今儿我见着你你嘴就没闲着，小心吃成个大胖子更没人要！"

"我这叫'痛苦转移'好吗！只有世间的美食，才能理解我此刻失恋加即将失业加生活失意的惨淡处境。要是连吃的权利都剥夺了，我这个垂死挣扎的重病患者，真心没半点希望了。"叶薇觉得不够，又去点了几块提拉米苏、慕斯蛋糕和一杯红豆抹茶星冰乐。

夏蕾无奈地看着叶薇："瞧你现在失魂落魄这样，你说咱俩同样是白羊座，怎么自我修复能力相差这么多啊？肯定因为你上升星座是作死星的处女座，不愧是蔬菜圈的香菜、月饼界的伍仁！"说罢她还频频点头，伸出大拇指发自肺腑地点了个赞。

叶薇放下蛋糕，抱拳深表谢意："不过有一点你倒是提醒了我，我的自我修复能力不是差，而是需要一个缓冲的时间。现在经济不景气，还是找到合适的下家再辞吧。"

"就是！那个什么老同学、新上司，她是个屁你把她放了不就得了！现在你应该把思绪转移到另一个刚刚失守的阵地上。"夏蕾点起一根烟，故作深沉地吞云吐雾。

阳光下充斥着缭绕的介质，叶薇若有所思。

叶薇处于 25 岁的尴尬年龄，中等身高，中等身材，样貌干净，换另一种说法就是长得太普通了，丢人海里打捞十回也挑不出来的主儿。可她打心眼里不觉得自己普通，即便不得不正视自己如此平凡的宿命，她也宁愿相信自己能在这普通人的花园里绽放出一朵前无古人、后无来者的奇葩。

她的这点儿自命清高，大概从初中知道自己在写作上有天赋开始，可是现在真要利用自己一直热爱的文字吃饭，却又觉得只吃米饭般索然无味。曾经的那份心比天高、年少轻狂，也终于被社会打磨得棱角全无，却无法像其他人那样圆滑，摩擦力近乎零，轻轻一碰便可以有多远滚多远，她摸爬滚打也折腾不出这一亩三分地。

于是，叶薇在她那两平方米的办公格内反复思考夏蕾的那句话"你应该把思绪转移到另一个刚刚失守的阵地上"，这个下家对她来说无疑比工作要难找得多。

她边咀嚼着美味佳肴，边环顾打量这些老天分配散落在自己身边的欧巴们。

远处一副深沉模样，总是苦大仇深好像没从旧社会解放出来的，是这个组里年龄最大的尿哥。他一进公司就结婚了，然而从那时起他的工作和婚姻都呈下滑曲线，且几年一晃从来没有反弹趋势。尿哥是公司著名的妻管严，也是媳妇嘴中著名的没出息，据说原来也是迷倒一片小姑娘的奶油小生，硬生生被生活给踩蹋成了谢顶肥硕的忧郁大叔。

走路必须走直线和直角的，是有强迫症的骚骚。因为骨子里透出的骚气隔着八丈远都能扑面而来，大家便毫不夸张地把这个称号戴在他永远打着发蜡、五彩斑斓的头上。"我的包包可是限量版的哦！""我把经常去的那家修眉美甲店介绍给你，报我的名可以打八八折哦！"大家和他都以姐妹相称，和他一比，叶薇觉得自己简直就是纯爷们儿。

从她身边匆匆走过的是经常迟到早退的潮人陈小鑫，他从开始工作便蝉联公司所有女性评选年度最帅最有型的男神大赛冠军。由于样貌和某方面战绩可以匹敌陈冠希，被大家尊称一声"陈老师"。他每天可以不上班，可以不洗澡不吃饭不上厕所，但是绝对不能不去夜店。叶薇从不否认这个人帅得前无古人、后无来者，但这种帅只能入法眼，却从来不能击中她心房，因为他的猎物太多，范围极广，叶薇实在不想沦为炮灰，成为他每天轮流制女友中的一员。

还有一个就是坐在她斜前方的苏凡。这个人神秘莫测，沉默寡言，叶薇甚至知道看门老大爷的女儿今年上了哪所大学、哪个专业，对他却是毫无所知。同事两年多，交流频率最高的便是"给"和"谢谢"，还都是工作相关事宜。近来在被纪念召见的男士们中，点击量最多的便是他。也不过就是个献媚讨好女上司的小厮罢了，叶薇打心眼里鄙视一切和纪念走得近、交往密的人。况且这种人就是一"基本款"，稍微有点追求的人嫁给他都会觉得不甘心，因为你可以将一生一眼望穿——安稳无比，波澜不惊。

她看着这些男士，把想吐的美味又咽了回去，纯粹是出于浪费可耻的心理。我们身边没有来自星星的都教授，是因为我们本身也不是千颂伊。既没有大女人的气场，也没有小女人的可人，我们都不是女神，充其量就是个女神经。

正当叶薇沉浸在对周遭男士集体不达标的失望，以及对自己胸前无大志、脸上肉两坨的绝望中，手机震动摇醒了她的白日梦。就在她以为是垃圾广告的电话，将要挂断之时，听筒那头急忙说："是你姐姐帮你报名的。"

接完电话，叶薇火急火燎打给夏蕾，还未及应声，便发出不可屈辱的咆哮："谁让你把我的大名写在婚介所报名表上的？你以为你妹妹我没人要到了非相亲不可的地步吗？还对象标准是没结婚没孩子就行！你当我是垃圾桶吗，什么爷爷奶奶样的货色都装得下啊？"

夏蕾打了个哈欠，不慌不忙地说："开阔开阔眼界有什么不好啊？守着你那贞节牌坊，等着天上掉一大馅饼还正好糊你脸上，等到你成了爷爷奶奶样都等不到！你到底约没约好啊？"

"这周六下午。"叶薇试图用含糊不清蒙混过关。

夏蕾式豪放的大笑从听筒对面传来，震耳欲聋："真心想给你点个赞！无所畏惧才是我大白羊该有的样子！我就是想让你明白，这个世界上不是只有沈澈一个男的。"

叶薇突然愣住了，一个不该听、不能提、不敢想的名字让她浑身麻痹，张口结舌，半天缓不过神。

"不能手贱，不能手贱……"叶薇一边鞭策着自己，一边不自觉地用手机打开沈澈的微博，因为微博是她现在唯一可以了解到他又不会留下痕迹的途径，取消关注只是做个姿态、自欺欺人而已。她明知道自己会心痛，明知道单身的他和女生暧昧亲昵会只增不减，明知道他会和别人去吃饭聊天看电影，明知道他的生活一如既往，不会像她这样翻天覆地，可她就是忍不住，就是习惯性地在搜索栏内输入沈澈的账号，只打一个字便会弹出来，连手机都在提醒自己忘不掉。

她从早到晚便这样对着手机屏幕，翻看沈澈的微博，翻到两人甜蜜相恋之时。叶薇想到那年他过生日，她问他想要什么礼物，他说我想要你，于是她就把自己送给他了，他说这是他收到的最好的礼物，不可能再超越了。于是那天生日会上，沈澈高兴地对所有朋友公布了他们在一起的事情，消息随即在微博上不胫而走，在校园内也算是轰轰烈烈。

有人吃惊，有人起哄，有人不相信，有人说你要是做出对不起叶薇的事我们都会揍你。可一路走下来，有人淡忘了，有人疏远了，有人毫不关心，有人再次成为焦点与话题，谁都没有耐心继续等待剧情发展，惨淡收场后只能冷暖自知。

她想到他们刚在一起那会儿，经常夜深人静时去学校旁边的公园散步，然后促膝长谈，叶薇躺在他腿上，他那样深情地抱着她，用自己的外套包住叶薇的脚，生怕有蚊子袭击她，那时的沈澈真是对她好得无以复加。沈澈充满磁性的声音把叶薇的心强力地吸入他的磁场，让她如痴如醉地沉溺，越陷越深，难以自拔。她一想到未来再没有这个人的参与，就感到怅然若失。

她想起他们像老夫老妻一样逛超市，然后自己总说沈澈长得像丘比沙拉酱，其实她是想说他像包装上的那个丘比小人儿，沈澈每次都装委屈地说："怎么说人家像酱啊！"

　　她想起最冷的时候她用烤白薯焐手，他用自己的手焐在她外面，那种暖是从里到外，也是从外到里的，比深情相拥还要温暖。

　　她想起他们一起走过北京的大街小道，一起不顾形象敞开了吃路边摊，一起对商场里的衣服评头论足，一起聊着八卦和内幕，一起在北海公园湖上划船和放声歌唱，一起规划着结婚后春节在谁家过，一起讨论着房子装修成什么颜色的壁纸，一起争执着未来至少要生六个孩子，一起互相嘲笑、互相嫌弃却又始终不离不弃。

　　可是褪去男人的面具，触及他最愤怒也最真实的自己，才发现那些推心置腹的道歉和巧言令色的表白，有多么的花哨浮夸又力道不足。原来再深爱的男人，也不过是一个会让你哭的人罢了。

　　她不忍再往下看，却忍不住发了条微博："回头看看很久很久之前的微博，就明白有些人为什么走散了。自尊心逼得我们别无选择，自尊心也让我始终坚信：能离开的便不算爱人。夜深人静时为逝去的祭奠感慨，烧点纸钱；太阳升起再振作精神，整装待发。免得我们边走边丢，把善良和感恩之心落在原点。不会再有恶语相对，也不会再有牵肠挂肚，释然挺好。"140个字，不多不少，她顿感轻松。

　　现代人谁要是不时时刻刻刷微博、朋友圈，就会手筋脚筋抽搐，不安得难耐。这些网络平台既虚幻又真实，虚幻于人们在这里展现的都是自己精心雕琢而成的最完美一面；真实于人们在这里表达他们心底最深层的渴望，他们渴望被关注、被认同、被追捧，他们躲在最安全的铁丝网后面，表达着自己没有安全感和渴望被爱的感受，因为这个时代人人缺爱。网络最大的好处便是，我们可以将真心话讲给一个我们不能再对他讲的人听。

　　墙上钟表已经走到了四点，放下手机，也决定放下过往。在太阳升起之前，叶薇终于可以安然入睡。

Chapter 05
烦恼会解决烦恼

面对相亲，叶薇表面上不屑，内心却异常忐忑，这种直奔主题的见面方式不用想也知道有多尴尬。关键在于叶薇已经许久没有与陌生人攀谈了，即便是问路都已是盖上一层土的陈年往事。

周六的日子迫在眉睫，她自打决定去相亲的那一刻起就盘算着，那天要以怎样的姿态来个亮瞎狗眼的闪耀登场，要穿哪身行头能够既温婉娴熟又不失时尚，要说怎样的开场白能够既与众不同、印象深刻又体现自己超凡脱俗的书卷气质。

当她翻箱倒柜，找出自己只有在正式场合才偶尔露面的纯白色蕾丝收腰连衣裙，并将自己的身体硬塞进去时，她隐约听见了衣服抱怨而撕裂的声音。其他的衣服也一起起义，对她表达强烈不满和抗议，从前尚且宽松的衣服，如今已经衣带渐紧，从前自己最心仪的小礼服，如今已经令自己生厌。

她照着镜子，抓出一层肚囊上厚厚的脂肪，上下抖落两回，肥硕的屁股轻轻一弹，也颤悠得比布丁还松软，她的前凸后翘似乎有点下移了，自卑与耻辱之心油然而生。

人不怕胖，只怕一再纵容自己。眼看着自己像《瘦身男女》里的郑秀文一样因失恋而自暴自弃，每天用食物来麻痹自己、慰藉自己，来喂食与日俱增的空虚感。她的自尊心再次毫不吝啬地向她敞开嘲笑，这笑声不为别的，只为她以这种貌似豁达的方式，做着最无用的自我惩罚和糟践。她有一种后知后觉且后脊梁发凉的恐惧，幸好及时醒悟，悬崖勒马。耳光抽得越响，人才会越清醒。她再一次深深感谢自己的自尊心在每每最需要警戒的时候，狠狠地不留情面地鞭策自己，让自己不至于消沉堕落、越陷越深而全然不知。

她在醒悟的当即，刻不容缓地去健身房办了张卡，以管住嘴、迈开腿的方式速速减肥，至少在周六见面之前不至于太过走形。她向来讨厌健身房那些半裸上身的肌肉男，边练器械边发出难以入耳的恶心声音；讨厌那些穿着小吊带和超短运动小短裤的女人，一边锻炼一边勾搭男人；更讨厌那些没事找事、没话找话的健身教练，"你第一次来健身房吗？""以前有练过吗？""不能让两个重量片发出声音。""位子太矮了。""手不能这样握。""做过体测了吗？"

"我不需要！"不知道是因为她发自内心讨厌这些人，还是因为这些人的招蜂引蝶，让她想起了沈澈的拈花惹草，抑或是大姨妈快要造访的生理作怪，总之现在的叶薇对一切都采取拒之不理的态度。

在跑步机上跑了一小时，练完器械，她看看时间，准备去上节瑜伽课，现在她最需要的就是让自己的心情平复，心境平和。她等了许久才发现自己把课表看错了，今天并没有瑜伽课，出于对等待时间的不甘心，她赶鸭子上架，硬着头皮加入爵士舞的队伍中。

她看着那个跳起来比她还女人的男老师，看着那个宽高比是2:1的大妈，看着那个伴着音乐、扭起来骚味十足的年轻媚娘，看着那个五大三粗却非常卖力的男人，看着那个皱纹比扇子褶还多，跳得弧度却堪比碧昂丝的主妇，看着那些平平庸庸却自 high 得不亦乐乎的人们，叶薇顿时受挫地察觉到了自己天生没有舞蹈天赋，手脚僵硬，严重不协调。只有 25 岁的叶薇，却有着八九十岁的韵律节奏和新陈代谢。

老师看着心不在焉、愁眉不展的叶薇，与这个"和谐社会"极其不和谐，指着她说："放开点！"

放开？！怎么能放得开啊？！我耗费了五年的青春和感情说放开就能放开吗？！素黑说："从来没有命定的不幸，只有死不放手的执着。"这本书名字功力极深——《放下爱》。分手后所有人像是统一口径一样，几乎齐刷刷地让叶薇"放下"，祝他们各自珍重，口气不温不火，不痛不痒，一副事不关己、隔岸观火的姿态。如果这段感情是屠刀她早放下了，可惜她还没修炼到立地成佛的境界，最多只能逼着自己缄口不言，在人前嘴角上扬摆出最僵硬的弧度。可话又说回来，屠刀和爱情的区别在于，屠刀只刺向对方，爱情却是两败俱伤，这样看来，还是爱情更加危险，更具杀伤力。

叶薇一边愤愤不平地钻进自己的死胡同，一边和大家做着连续转圈的动作，不吃饭加上过大的运动量，让她感觉天昏地暗。于是大家听到"砰"的一声，叶薇晕倒在地。

周六的相亲大战终于敲响，叶薇踩着高跟鞋，迈着铿锵有力的步伐奔赴战场。不相则已，一气儿见仨，看上去是霸气侧漏，实则是捯饬一次太 TMD 的不容易了。虽是赶鸭子上架，却保持着输人不输阵、所向披靡的压倒性气势；虽是破罐子破摔，却始终高举着"局气、厚道、牛 X、有面儿"的"新北京"精神。

经过几天的不吃不喝，加上高强度的魔鬼式训练，叶薇在塞进那件白色蕾丝连衣裙的时候，终于能不再听见衣服撕裂的声音。当然，这主要还得归功于街角那家裁缝店把收腰改成了直筒。

打扮精致的叶薇早早出门，却因为公交车一等再等都不来而迟到。值得庆幸的是，叶薇如愿以偿，绝对完胜，像德国对巴西的7∶1一样是惨痛羞辱；不幸的是，鉴于实力悬殊之大，像美国打阿富汗一样胜之不武，还被逼出严重内伤，这场战役以叶薇对夏蕾用马景涛式咆哮的电话泄愤而告终。

画面回放一：

坐在我们眼前的是一位三十出头的物理学博士，他戴着一副金丝边眼镜，梳着油光锃亮的背头，穿戴整齐，一丝不苟的样子。

"慢着，一丝不苟是褒义词啊！这人看上去不是挺好吗？"

让我们再重新对一下焦点：坐在我们眼前的是一位眼镜至少有一千度，30岁却已谢顶多年的大叔。在接下来的两小时里，这位逻辑严谨的博士由一杯茶延伸联想到了宇宙大爆炸，并给叶薇教授了一堂从微观粒子到相对论的《走近科学》之物理学理论研究。要知道，叶薇高中百无聊赖的物理课都是在睡觉和神游中交替度过的，这次也不例外。

"好歹你还免费上了一节物理课呢！"

"这种大便宜，你要吗！！！"叶薇爆发出绿巨人怒吼的能量。

"下一个呢？"

画面回放二：

叶薇在咖啡厅里等待着第二位男士，低头玩手机打发时间。

"请问是叶薇吗？"

叶薇抬头大吃一惊，心想初次见面也不用行这么大礼吧，连忙起身说："您太客气了，快起来……"起立的时候才发现，人家一直没跪着啊！

"不好意思，我在外面找不到停车位，所以来晚了。"男子边说边蹦上了座位。

经过一番寒暄过场，叶薇得知此人名为武壮实。

"看来您也是名门之后呢！"叶薇见到他内心立马浮现出一个人：武大郎。

"啊！没错没错！他们都说我老祖宗是武松呢！"说罢，两个人便都笑起来，只是笑的着陆点不同。

据这位武兄所述，他是一个企业家，主要从事商品贸易，偶尔也做做物流，并认为自己比嘉诚更接地气。

"这个厉害啊！有钱人啊！"夏蕾听到"企业家"三个字已经眼冒金光。

"下面的剧情一定更符合你的胃口。"

企业家武兄开始自带了矿泉水，听说这里的饮料是免费续杯的，便非常节制地续了十二次，中间去了五次厕所。

"他肾不好？"夏蕾的侧重点又跑偏了。

服务员走过来对武兄说："先生，请问外面的面包车是您的吗？"

武兄略显尴尬，淡定地摇摇头。在听说那辆车被贴条之后，突露惊慌，紧接着又淡定地去厕所解决了，只不过这次是往大门口的方向走去。

通过他出去时掉落的本子，叶薇恍然大悟，这位武兄的确是"企业家"，他自己在小区开了个小卖铺，偶尔也开着面包车给人送送货。武壮实，强壮诚实之意，看来他父母真是用心良苦。

"好歹人家也是个小老板呢！"

"他那个小卖铺好像离你家不远，回头我介绍你俩认识啊！"

"那……第三个呢？"

画面回放三：

第三位是个货真价实的有钱人，在全国排前 10 名的城市都有自己企业的分公司，分布在全国的房产有两只手摊开的数字。

叶薇话音未落，夏蕾已经尖叫起来，这样的顶配简直就是夏蕾至高无上的终极梦想。

这样的人为什么还要来相亲？问得好。这样富可敌国的有钱人身边从来不缺胸大无脑的美女，更加不缺心甘情愿为他生孩子的贤妻，所以他要找的就是一个帮他打理家务、照顾孩子、填补空缺，并且不至于蠢笨无知到搞不清罗马在哪个国家，又不能够精明伶俐到算计他财产的管家保姆型妻子。而外面那些花天酒地、吃喝玩乐、可以共度春宵良辰的大妞儿们，作为情人们等待翻牌子就够了，有钱人才不会傻到把那种挥金如土的蛇精大蜜娶回家呢。

而面前的这位王老板，脑袋大脖子粗，标准的厨子身材，爱马仕的皮带被勒到了肚子上边，各个层面都能彰显一种乡土豪绅风范。从王老板的风流情史和妻儿数量上不难看出，他是用行动、用生命在向马龙·白兰度致敬。叶薇从头到尾就端详着他那天庭饱满、地阁方圆的脸上，那颗独具一格的痣上，那根别出心裁的毛，以及毛上那粒飞扬跋扈的米饭。

叶薇对夏蕾声讨完毕，便扔下电话，像泄掉的气球瘫倒在床，看着回家时为了追赶公交车而撕裂的连衣裙和跑断的鞋跟。一言以蔽之："心里有一万头草泥马呼啸而过！"

世间存在着那么多英俊潇洒、幽默聪慧、痴情专一的优质男人，也充斥着那么多成熟稳重、老实真诚、接地气儿的正常男人，可为什么自己遇见的都是百年精选、史无前例的奇葩大杂烩？

这个世界万事万物都自有归宿，说缘分是命中注定，孤独是在劫难逃，生死是冥冥之中，皆因害怕未知而寄托于更加虚无缥缈的借口，聊以自慰罢了。即便认定自己潦倒一生，沦陷于悲剧的天罗地网之中，也断断不能破罐破摔，不能妥协于寂寞的穷追不舍，更不能苟且偷生地活在不爱的人身边。有骨气地讲，这叫原则；说白了，就是高不成低不就，这也是所有大龄剩男剩女革命尚未成功、一直尴尬搁浅的根本原因。

或许有些时候，缘分就像等公交车。你焦急期盼，它却左等右等都不出现；它匆匆来到，你却措手不及，毫无防备，待它将要离开又跟在后面苦苦追寻。大概我们都有踩着高跟鞋、穿着紧身连衣裙追赶缘分的时刻，到头来弄得自己狼狈不堪。其实何必追赶，又不是末班车，终究会有下一辆驶来，你也终究会在某站下车。而缘分与公交车不同的是，即使你追赶上缘分，有时候它也并不属于你，并不能把你送到正确的目的地，只是徒走弯路而已。

　　秒针不慌不忙地跃过时钟顶端，下班大军便如蝼蚁倾巢出动，浩浩荡荡、沸沸扬扬地拥出写字楼，四散而逃。叶薇犹如蓝色星球的一滴泪，又似石头森林的一片叶，掉入茫茫人海中，日复一日，复制粘贴着毫无差异的作息。

　　可即便是如此费神劳力的大家来找茬儿，夏蕾还是火眼金睛地一眼就逮着路人甲模样的叶薇，让她无处可躲。以从小长大的情分做担保，若不是有事相求，夏蕾绝对不会如此殷勤地等她下班，又是道歉不休，又是好话说尽，又是上赶着请客吃饭作为赔偿。

　　"什么？！你还敢让我去相亲？！"叶薇眼珠子都快掉出来了。

"这个真的特高端！人家可是美国海归、国际注册会计师，又年轻多金、一表人才，又举止优雅、绅士风度，一个月挣的票子顶你半年的，你真赚着了！"

叶薇深吸一口气："夏蕾同志，我不歧视谢顶版的、穷装逼版的，还有脸上长痣而且多了N个儿子的。但是，就算这是录《动物世界》咱也悠着点吧，一气儿放出这么多重口味、有爆点的珍稀动物，你考虑过当事人我的心理承受能力吗？你是开盐场的还是把那卖盐的真给打死了？口味重得我都快齁死了！"

"算了，跟你说实话吧。"夏蕾泪光闪闪，转瞬走起《艺术人生》朱军的煽情路线，"我之前以为丹尼那混蛋是个富二代，成天跟他们一起混，就把工作给辞了。后来我才知道，丫就一披着公子哥外衣的混混，还把我的钱全都卷跑了。我最近实在手头有点紧，欠房租不说，连水电费都快交不起了。所以……所以我就去给人当托儿了。"

夏蕾看着惊异得下巴快掉下来的叶薇，连忙解释："开始我就是想着自己去婚介所当托儿维持生计，后来他们说如果介绍漂亮的朋友来做还能有提成，我是实在揭不开锅，迫不得已才把你拉下水的。"

"就我这德行还算……漂亮？"叶薇显然误听成赞美。

"如果你这次不帮我，我不但赚不着钱，还得赔。但是如果你真的实在不愿意去，我也不勉强。"夏蕾难为情地低下头。

"你都把话说这份儿上了，我要不帮你，不是显得我太无情无义了吗？说吧，什么时候啊？"

夏蕾听罢，激动得一把抱住叶薇，得意忘形地恢复生机，拽着叶薇直接去打车："现在！"

叶薇战战兢兢地走进五星级酒店顶楼的高档自助餐厅，她站在有衣着笔挺帅哥满脸笑意说"欢迎光临"的门口，下意识地打量了一下自己，一身文艺范儿女风的破衣烂衫，昨天倒床就睡没来得及洗澡洗头的蓬头垢面形象，映衬在这种播放理查德·克莱德曼的高端场所里，她邋遢得就像参加丐帮大会。

她开始庆幸自己忘记带钱包，又被夏蕾阻止了回公司去找的行动，因为她清楚不仅是钱包和钱包里的钱，连带把她自己卖了，也付不起这里的消费。

坐在她对面的相亲对象的确是一位风度翩翩的海归会计师，身着樱花粉色波点衬衫和冰淇淋蓝色紧身裤子，戴着一副没有镜片的黑色眼镜框，还戴了一副几乎充满整个眼球的紫色美瞳，和她蜻蜓点水地握手后，立即从香奈儿的小皮包里拿出消毒纸巾擦拭。素面朝天的叶薇面对着抹了 BB 霜的伪娘，怀疑的倒不是他的性取向，而是自己生错了性别。

在简单的自我介绍之后，叶薇觉得这个人一生的剧情发展就顺理成章了：自称亚当，上海人，处女座，严重洁癖，传统会计世家，在美国读书期间同宿舍住着一个黑人哥们儿，一直用右手托腮的原因是右脸长了一颗用遮瑕膏都遮不住的青春痘。他倒不含蓄，开门见山地表示，来相亲的目的就是想找一个女人结婚，以此对父母掩盖自己和男朋友的甜蜜生活。

听完这个理由，叶薇顿时豁然开朗，浑身都舒坦了，顶到嗓子眼的呕吐物瞬间咽回去了，特想豪爽地来一瓶牛栏山二锅头。有句话特别应景："每个女人都希望找一个纯爷们儿的人作为依靠，最后发现最爷们儿的那个人是自己。"

吃饭期间倒是很愉快，没有二锅头叶薇就拿红酒当饮料，龙虾生蚝当鸡蛋灌饼。喝得微醺，打着饱嗝，诗情酒兴渐阑珊，他们准备埋单走人。亚当不慌不忙地从香奈儿的钱包里掏钱，然后又拿出消毒纸巾擦手。叶薇隔岸观火地看着这一系列动作，直到服务员礼貌地转向她，彼此对视了五分钟，叶薇才反应过来，这位精明的会计师只付了单人份的钱。她的心"咯噔"一下提到嗓子眼，猴屁股般的脸颊隐藏着她的难堪，紧张之余她还止不住地打嗝，借口去厕所解决一下想吐的心情，她跑去打电话搬救兵。

夏蕾在夜店喝嗨了听不清她说话，老妈和叔叔在国外度假，老爸和阿姨的家隔着大半个北京城，打小关系最好的姐们儿在公司加班赶财务报表……当你饿得快晕倒时，路边永远只有厕所没有饭馆；当你需要找人紧急求救时，身边所有人都比奥巴马还忙碌。

叶薇在厕所一遍遍翻着手机通讯录，她的手指已经不由大脑控制，绝望地按下并且拨通了潜意识中最熟悉的号码——这个号码对应的歌曲应该是《最熟悉的陌生人》——这个人就是沈澈。

手机里传来的"嘟嘟"声真好听，好像沈澈会一如从前地接起电话，淡定地听完叶薇前言不搭后语的哭诉，然后安慰她："宝宝，不用怕，有我在。"然后撂下电话，在叶薇停止哭得上气不接下气之前，给她一个回信儿，告诉她事情已经搞定，有他在这里，一切都是小事。

　　因为你知道彼岸是永恒的避风港，无论外面狂风暴雨怎样肆虐，无论这冷酷凶残的世界让你怎样无助、无望、无可奈何，对面都有一处温暖安全可以拥你入怀，让你一切肆无忌惮的驰骋遨游都变得底气十足，所以这时候连等待都是幸福的。

　　"喂？"对面低沉而充满期许疑惑的声音打断了叶薇的臆想，她措手不及地挂了电话。她能感觉心在扑腾着挣扎着，马上就要跳脱出身体，比她没钱付账时的频率还要快上十倍。她哆嗦着打开水龙头，拼命往脸上泼凉水，但求片刻清醒。水花四溢，无意溅到旁边一位女孩身上，伴随着女孩刺耳的尖叫声与破口大骂，叶薇瞬间灵魂归位，赶忙道歉。

　　她看一眼那女生便知道她比自己年龄小，不是因为肤质更嫩，不是因为衣着打扮更潮，而是一种不可名状的感觉。好像大学生看见那些高中生一副年少轻狂便全然不把世界放在眼里，趾高气扬地在那边喧哗打闹，都会说一句："一群小屁孩儿，老子年轻时也穿过那身又肥又大的破校服！"其实她也真的只比自己小个两三岁而已，可是 25 岁与 22 岁的差别就像是夏末与秋初的温差，只要一场大雨便可以将整个炎夏的浮躁浇灭，没有过渡期留给人们去适应和回味，而走上社会后的摸爬滚打便是这场倾盆大雨。

　　叶薇不走心的道歉并没有换来理所应当的原谅，她试着拿手擦拭女孩身上的水滴，反而使其愈斗愈勇。这时，沈澈回拨过来，让叶薇更加心神意乱。电话响了半晌，伴随着女孩的抱怨和炫耀自己这件衣服有多贵，叶薇的斗志被点燃了。措手不及的她不甘示弱，挂断电话后实施反击，对骂功夫毫不逊色，难分伯仲。电话再次响起，来自一个不认识的号码，烦躁的叶薇无暇理睬。双方的战局，很快便由唇枪舌剑升级为抢巴掌、揪头发以及拳打脚踢，交战地点由厕所转移到大堂，大伙儿充分发挥出中国人爱起哄凑热闹的本性，高档餐厅瞬间变身城乡接合部。

热火朝天的两人被服务生和女孩的男朋友拉开了，无名火冲昏了头脑的叶薇观察了半天才恍悟，对面那个把女孩抱在怀里温柔安抚的男人，便是七年未见的初恋男友萧林风，而那个女孩正是他现在的女朋友韩依依。

尴尬的氛围被亚当不紧不慢走到叶薇身边询问打破，萧林风冷嘲热讽她怎么换了口味。亚当诚实地解释他们是相亲对象，又惹来萧林风、韩依依和周围人的哄然大笑。

叶薇瞪了亚当一眼，直勾勾地盯着这对幸福的恋人，试着让眼泪倒流，差点从鼻孔出来，外围的一切聒噪都已经幻化为耳鸣的衬托。亚当又不合时宜地建议她埋单离开，她不走心地应着自己还没吃完，然后行尸走肉地回到自己座位。她听见韩依依不肯善罢甘休，吵闹着他们的一周年纪念日不能就此收场。

叶薇犹如《瘦身男女》里的郑秀文一样，无法自控地往嘴里塞食物，脑中不断回想与萧林风最后的对话。

萧："对不起。"

叶："你觉得捅我一刀，然后轻描淡写地说句'对不起'，我就能自动止血，伤口愈合，还得感天谢地地接受道歉，然后满含深情、满脸笑意地像吃了阿尔卑斯奶糖一样对你说'没关系'吗？你妈难道没告诉你吗，'没关系'不是'对不起'的唯一回答，还可能是'NMB'！"

萧："这就是为什么，为什么我转身走向纪念！是你的尖酸刻薄、你的咄咄逼人，把我一点点推向了她。即使不是她，也可能有别人。在你强大到让我喘不过来气的自尊心面前，我连最起码的尊严都捡不起来，每次一吵架你就动摇、就说分手，我非得打几十个、几百个电话你才肯回一条短信，非得道一晚上歉你才能勉强原谅我。你永远高高在上，我光跪着还不够，还得走一步磕一个头，才能慢慢爬到你脚下接受你的恩惠，我对你的专一、忠诚和爱，还不足以让我坚持到你脚下就累死在路上了。真的，我他妈太累了！您继续可劲儿作，恕不奉陪，这种大情圣大苦逼的角色我演不起了！"

叶："我只想知道为什么偏偏是她！"

萧："因为我想要的你给不了我，只有她能给。"

叶薇翻着白眼看向天花板奢华的水晶吊顶灯，让眼泪就着已经满到无从咀嚼的食物下咽。她后悔过、反省过，试图原谅，尝试改变自己。但是她从没想到过，时隔多年后他们狭路相逢，竟然是在这种场合——他在和女友甜蜜恩爱地庆祝一周年纪念日，而她却在和一个自己都忍受不了的娘娘腔相亲，并且和他维护的女友打架后蓬头垢面的处境。

受惊的亚当早已逃之夭夭。那个不认识的号码再次打来，叶薇面无表情地接起。过了一会儿，韩依依拉着萧林风故意晃到叶薇面前，还不忘"好心"地戳到叶薇的痛处："如果没钱埋单，我们可以接济施舍给你；如果找不着男朋友，我们可以介绍一些不是基佬的男人给你；如果没资本装 X，就别拖带着娘炮相亲对象来这么高档地方丢人现眼。"萧林风默不作声，只是任由女友挥舞着口中锋利的刀。

叶薇刚想反驳，就被萧林风一剑封喉："你用不着道歉，因为'没关系'不是'对不起'的唯一回答，还可能是'NMB'！"说罢便威风凛凛地牵着傲娇且波涛汹涌的女友潇洒离开。

她呆呆地坐在那里一动不动，没有任何思考，直至刚刚那个未知号码的主人、她最不熟悉的同事苏凡赶到，把她落在公司的钱包送来。

他们出了餐厅，沿着马路一直走。叶薇没有解释和目的地向前走，苏凡不声不响地跟在她身后。车流和霓虹灯是这个城市寂寞的粉饰。她已经学会在车水马龙中随意穿行的轻功，可是那个教会她闯红灯的人却已站在别人身旁。应季水果从西瓜变成了橘子，季节更迭过渡再快，还是追不上前男友喜新厌旧和更新换代的速度。

这一路，不时看到有人在烧纸焚香，一撮一撮的明火像战场遗留的坟墓。这天是中元节，也叫鬼节，大家都在祭奠亡灵。叶薇忽然有种冲动，想要加入到这个悲壮又声势浩大的队伍，祭奠一下她死去的爱情。

不知不觉，苏凡护送叶薇回到楼下。叶薇礼貌性地感谢，苏凡很识相地不多问，他们之间没有更多交流。苏凡站在原地目送叶薇走进楼洞，叶薇回头欲言，苏凡马上说："今天什么都没发生，放心吧。"叶薇会心微笑，苏凡看到楼上有灯亮起来才转身离开。

　　回到家的叶薇直奔厕所，抠着嗓子眼把塞进去的食物和情绪全部吐出来，吐完直接坐在马桶旁边的地上号啕大哭，眼泪终于憋到彻底释放的时候。

　　现实的残酷，就像冬日清晨，打了半宿游戏的你，躺进温暖被
窝里沉沉入睡。闹铃在一旁锣鼓喧天，提醒你早上的课要点名。你
想制止它的噪音，也明知道自己该起床，但是连手都伸不出来的无
力感。

　　叶薇拖着一具空壳，如宿醉后没缓过神，全凭直觉、机械程式
化地来到公司。她的行尸走肉被座位斜前方苏凡的注视和微笑打
断，她礼貌地回敬微笑，并下意识躲避。

　　你很难弄清一团乱麻的开始，更无法预料它将终结何处，而不
幸往往是一个更大不幸的铺垫。纪念闯入叶薇的生活后，总在有意
无意地想找出让她难堪出糗的端倪，就像一只饥饿并正在伺机捕食

的豹子翘首以待它的猎物出洞。她并不想把叶薇撵走，有什么比将猎物玩弄于股掌、让它提心吊胆不知道何时是生命尽头更残酷而富有乐趣呢？于是，她终于等到了这个契机。

叶薇被纪念宣召，并被安排了一个采访本期杂志封面人物的重要任务。这个采访对象不仅仅是最当红的实力加偶像型影视歌多栖明星，也是正在院线热映的电影《中国好男人》的男主角，阳光帅气的外形加上塑造的几个相当讨喜的角色，让他无疑成为众多粉丝和媒体争相追捧的香饽饽，能够采访到他绝对可以大大提高杂志关注度。当然，这样的美差自然不会白白便宜叶薇，因为这次是明星本人钦点并坚持只接受叶薇采访，恰巧这个人就是叶薇的第二任男友——江楠。

说到江楠，这的确算是叶薇情史上看似风光，却最为尴尬的一段。刚一踏进大学校门，表演系草江楠便成为女生们热议的焦点，而他竟然奇迹般地对平淡无奇的叶薇一见钟情。他们在英语课上认识，叶薇对老师批评的犀利回应给江楠留下了深刻印象，他觉得这是个有意思的姑娘，开始猛烈追求她。

可惜，这不是灰姑娘变公主的童话故事，王子之所以会爱上灰姑娘，也许因为他本身也只是徒有其表、披着华丽外衣的青蛙。

他们在一起一个多月就分手了，叶薇没有丝毫伤心，奇怪的是她对这个她这辈子遇见的最帅气的男生没有太多动心。可能是因为他的声音有点娘，当你不喜欢一个人说话的时候，就会连带着讨厌这个人。鲍鱼虽贵，但在饿的时候，却不敌三楼食堂的鲶鱼豆腐来得有诱惑力。

尽管情缘短暂，叶薇还是不想面对这位昔日情人。但这不是可以等价交换的世界，甚至没有给你讨价还价的余地。叶薇的拒绝和反抗显得如此苍白无力。为了监控叶薇，纪念还让最得力、最信任的苏凡与她一同采访。

采访那天北京下起瓢泼大雨，叶薇和苏凡赶着早高峰的大军，早上七点按时到达江楠的经纪公司。非常不幸的是，叶薇匆忙赶来的路上还踩了一脚新鲜热腾的狗屎，到了公司自己才发觉，死活都蹭不掉了。

他们干巴巴地等了整整三小时，戴着墨镜的江楠才在一行人的保驾护航下姗姗而来。没有寒暄，也毫无歉意，江楠甚至装作完全没看见叶薇和苏凡，慵懒地走进房间后，打着哈欠让助理把丰盛的早午餐一样样摆在眼前，慢条斯理地品尝起来。

叶薇强忍住自己的怒火："江楠先生，您好，我们是来自《新浪潮》的……"

"这个牛排太老了，说过多少回一定要三成半熟。沙拉里的蛋黄酱太多了，下次记得放点橄榄。"江楠完全无视叶薇的介绍，自顾自地对助理抱怨。

叶薇按捺不住，准备爆发，幸好被苏凡及时拽住。

原本有点婴儿肥的正太脸庞现在棱角分明得冷酷，原本会去喂食校园里流浪猫的单纯善良大男孩，成名后的行径竟可以傲慢无赖到理所当然，名利场还真是潘多拉的魔盒。

又过了 36 分钟，江楠用餐巾擦完嘴后，叶薇再次介绍："我们是来自《新浪潮》的记者，今天来是想采访关于……"

"娱记，这职业真不错！在港台的话你们就叫'狗仔'。"还没等叶薇说完，江楠再次打断她。

"严格来讲，我们跟娱记、狗仔还是有区别的，我们关注所有社会现象，连环变态杀人案、名人性丑闻以及哪只牲畜成了当红明星，本质上都是一样，都属于我们要报道的'新鲜事'。"叶薇终于为她扳回一局。

江楠有点挂不住脸，随后大笑起来，起身走向叶薇："女记者果然是伶牙俐齿，也难怪会把男人都吓跑了。"江楠走到叶薇身前，叶薇狠狠地瞪了他一眼，苏凡在一旁看得云里雾里。

他又笑着继续说："我只是听你们主编说，你最近被甩了，一直消沉堕落。其实失恋没什么大不了的，但是得吸取教训，多从自己身上找原因。这么尖酸刻薄，小心当一辈子老姑娘。"说着他捂着鼻子，一脸嫌弃，"什么东西那么臭啊？你是不是踩狗屎了？"

叶薇听罢沉默了一会儿，整个气氛很诡异，出奇地安静，空气都凝固了。突然她淡定从容地往江楠反方向走，嘴像机关枪一样语速越来越快："劳您操心，多谢提醒。的确，分手算什么啊，套句别人的话：'就算是一坨屎也会有遇见屎壳郎的那天。'我今天早上还真踩了一脚狗屎，曾经也有一坨奇葩得可以载入史册的屎，让我不走运地撞上了。最糟糕的是我后知后觉，原以为我们分手仅仅是因为争吵让彼此生厌，后来才知道他是被一个四十多岁、开着奔驰的老富婆包养，除此之外，他还是 GAY 界的大红人，跟我在一起不过是为自己做掩护。可笑的是，所有的一切都是通过跟我关系最好，还跟他是炮友的闺蜜而得知的。说实话后来他走红我一点也不诧异，这年头没有点儿能屈能伸、能攻能受、舍生取义、臭不要脸的精神，哪儿有成名的机会啊！这样的人去演《中国好男人》简直就是名副其实到让人想为制片人的眼光拍案叫绝，要是把片名改为《中国纯爷们》就更恰如其分了。"

所有人都目瞪口呆地听她讲故事，并看着她把自己的鞋慢慢脱了下来，一手举着一只。

"我不是鲜花，也不是屎壳郎，不该留恋的我一点都不可惜，所以我把不属于我的归还给你！"说罢叶薇把两只踩了狗屎的鞋扔向江楠，正好砸到了他身上，然后拿起包，光着脚转身离开。

什么叫释怀呢？当有一天你听到某任前男友和别人上床，后来又欺骗了你，内心却没有一丝伤感，连骂他的愤怒都没有，反而颇为庆幸，庆幸当初那么决绝，毅然决然离开这个给不了你幸福的前任，还有什么能比这个更能称之为释然的呢？

下西风黄叶纷飞，染寒烟衰草凄迷。雨色秋来寒入骨，赤脚孤身走在飒飒秋雨、梧桐落叶中的叶薇，此刻内心却觉格外火热。

破晓前，天边的那一抹血红，像一种讣告。

英勇的战士在一番豪气冲天后，等待她的就只有命运无情的宣判。这件事终于让纪念抓住了把柄，在盛怒责骂和冷嘲热讽之后，纪念以"江楠要控告她诽谤"以及"公司必须要保住这个采访对象"为由，让叶薇向江楠当面道歉。

这时，苏凡敲门进来，主动站出来承担："这件事我也有责任，我没有很好地控制住局面，由我来替叶薇道歉吧。"平时的苏凡低调沉默，危难之时的举动着实让叶薇诧异并感动。

可惜，做决断的那个人是纪念。本来就对苏凡有意的纪念坚持不肯，一定要让叶薇亲自去，并且自己要亲眼见证，如果不搞定这件事不只是走人这么简单，还会吃官司。

下班时分，叶薇像即将走上刑场的囚犯，被纪念、苏凡及公司几位同事押送到江楠的经纪公司。她就像是一个面目全非、遍体鳞伤的人，无还击之力，等待嘲讽之人来冷眼旁观，等待恶疾之人来落井下石，等待蛆虫飞鹰来啃食腐肉，也等待营救之人来给予终结。对于将死之人而言，每分每秒的等待都是一种折磨。

江楠从楼梯上缓缓走下来，他的助理把叶薇那双踩了狗屎的鞋扔向她。她没有躲闪。江楠站在楼上，居高临下地看着这个低着头、负荆请罪的犯人，就差在脖子上挂一个牌子了。

在众人注目中，叶薇淡定地抬起头，直视江楠，说了一番诚挚而恳切的歉辞，只是她脑子已经放空，并不知道自己从头到尾在讲什么，内心只是告诫自己，把眼眶里的泪憋回去，千万别在他们面前丢面儿、不争气，就算是跪着也得挺直腰板。

叶薇道完歉，江楠仍旧沉默不语。过了半晌，他长长地叹了口气："你走吧。"说罢转身上楼，又回过头说，"带上你的破鞋。"纪念在一旁看热闹差点笑出声来，跟着江楠上楼去，故意撞了下叶薇。围观的人们渐渐散去，却来来往往不停息，只剩叶薇和苏凡站在原地不动，好像王家卫用抽格拍摄着他们。

叶薇弯下身捡起那两只沉重无比的鞋，整个人无力地走出大楼，把鞋扔在垃圾桶里，然后沿着大街漫无目的地走着，眼泪无知无觉地流着，苏凡默默地跟在她身后。

　　大街上人们匆匆忙忙，有人着急回家，有人赶着赴约，有人因相聚而拥抱，有人因分别而接吻。这个时空层面内，只有叶薇和苏凡在人群中是运动却相对静止着。

　　叶薇拐入一条无人空巷。残阳浓烈，像未被稀释的鲜血洒在她身上。她倚着墙蹲下来，旁若无人地大哭起来。苏凡跟上前，没有太多安慰，只是不断递给她纸巾。

　　这个世界不存在救世主，也鲜少有救命稻草，如果有，一定是混沌之中的这点温存。

Chapter 08
世间最遗憾的爱情

　　"我知道你失恋了，是因为你桌子上有一小株仙人掌，你每天
都会给它浇水，还会带它去晒太阳，没人的时候偶尔还会冲着它傻
笑。但是有一天你眼睛肿着来上班，后来就再也没有照料过那株仙
人掌。它枯萎了，你都不理睬，那个时候我就知道你和他是彻底分
了。"苏凡仰脖把一罐啤酒喝光了，把易拉罐投进了垃圾桶。

　　"那株仙人掌是我和他一起买的，物是人非更叫人伤感。感情
结束了，东西也没必要留着。"叶薇喝了一口啤酒，"我到现在才
明白一个道理，为什么女生都喜欢玫瑰花，因为尽管玫瑰花会枯萎，
可是也比男人的承诺和甜言蜜语要长久。而他不是，因为他连承诺
和甜言蜜语都没给过我。"她也仰脖把一罐啤酒喝光了，把易拉罐

投向垃圾桶却没有投中，然后又打开了另一罐。

苏凡和叶薇坐在傍晚的护城河边，身边是一打罐装啤酒，看着太阳落下，看着月亮升空，看着人来人往，看着角楼矗立不动。

"为什么分手？"

"为什么？我也想问。我曾经对初恋男友说过，只要你不背叛我，即使我们再怎么吵架、闹别扭，最终我都会原谅你的。同样的话我也对第二任、第三任说过。他们都深知我的底线，可还是越线了。你说这是为什么啊？"

"离开的人就权当是死掉了，这方子挺有疗效的，虽然便宜了那些烂得掉渣的混蛋，却不至于让感情伤得太难看，还能抱有一颗感恩之心。"

"那可不行，有朝一日我结婚，我还要给前男友们单留一桌呢。然后现场播放陈奕迅的《婚礼的祝福》，我要让他们看到即使新郎不是他们，我也会是最美的新娘。"

说罢两个人都抽酒疯地大笑起来。

"我不再怨气冲天，不再悔不当初，而是学会把任何悲伤都变成自己的笑点，所以我现在笑点很低。"叶薇边笑边用手揩着眼睛，"如果眼泪流得足够多，就能换来幸福，我真TMD愿意做这个交易。"

"你不会一直遇人不淑，不会一直运气欠佳，没准时来运转的日子就在下个拐角处呢。"

"是啊，我也这么安慰自己的。尽管我走了25年笔直的大马路。"

说罢两个人又开始狂笑不止。

就是这个夜晚，他们一直聊到数清了天上有多少颗星星。她不是叶薇，他也不是苏凡，他们是未曾见面的玛丽和马克思，是甲板上的罗丝和杰克，是体育馆内的孟克柔和张士豪，是两个需要相互倾诉的孤独者。

她对他讲述了沈澈、萧林风、纪念、江楠。他对她诉说了一个秘密，他没有谈过恋爱，曾经暗恋一个女孩十几年，最终也没有表白，女孩去年结婚了。

他告诉她，自己出生在一个偏僻到在地图上都找不到的小村庄，上大学的钱是父母东拼西凑借来的，还有一个妹妹即将上大学，需要他来努力挣钱给她攒学费。

她告诉他，打小父母离婚，并各自成立了家庭，自己是被姥姥拉扯大的。父亲和继母又生了一个儿子，继父有一个女儿，母亲搬去继父家后，自己一人住着母亲的房子，只在周末偶尔去那两个"家"。

就是这个夜晚，这两个相识两年的陌生人逐渐熟络起来，变成无话不说的朋友，角楼和垃圾桶旁的那堆啤酒罐见证了一切。

周末过后，叶薇拖着宿醉未醒的身躯来到公司，发现自己桌上那盆枯萎的仙人掌旁边多了一个生态瓶，里面满是浓郁绿色的微观苔藓，还有一个小女孩玩偶满脸笑意坐在那里。

"如果无法改变沙漠的恶劣环境，至少还有草原能够奔跑，还有森林能够栖息。"

叶薇看着手机微信的这行字，看着微观苔藓里的小世界，又看向斜前方假装在工作的苏凡，笑了笑把这行字写在便利贴上，贴在桌前。

　　陷入人生低谷的叶薇，没有太多时间思考自己失败的人生，因为她忙着参加各种活动。不久前一个老同学晓静打电话来，邀请叶薇参加自己的婚礼。新郎不是和她相恋十一年的男友阿杰，而是分手后仅交往四个月的人。这个消息真如晴空霹雳，比自己从小到大的正面偶像传出艳照还要震惊。

　　身边很多情侣，恩恩爱爱在一起几年，都以为可以天长地久的，却在分手不久后都另寻新欢。是转移寄托也好，不甘寂寞也罢，或是不服输的互相较量。每一个爱人都以为要执手一生，最后却都惨淡收场，成就经历。感情都是好感情，人也是对的人，阴差阳错只怪我们都年少轻狂，总以为下一个定是完美情人。拿幸福做赌注，去换取一口志气、一点尊严，惘然之时已无路可退。即使某天不期而遇，四目避视，心灵有所激荡，身边却都已有了新的不完美伴侣，纵擦肩而过，也无计可施。即使一次次失去，也不懂珍惜，这才是青春的伤痛所在。

　　没错，身边太多的分分合合让我们唏嘘叹惋，可是都没有这一对让人深感遗憾。这段缘分要追溯到十一年前，沈澈的老家在一个美丽富饶的海滨城市，而晓静和阿杰都是他的初中同学。晓静是他们初中的校花，阿杰和她不同班，有点痞气，平时吊儿郎当的，但自打军训第一眼见到晓静就一见钟情，于是与他在班里最好的几个哥们展开了一学期的追求计划，其中就有他最铁的死党沈澈。

　　在这场追求校花大作战当中，参谋长沈澈可谓功高劳苦。但之所以追了一学期才追到手，也是因为沈澈，在这场阿杰轰轰烈烈的求爱过程中，晓静一直暗恋的人却是沈澈。在学期末，晓静向沈澈表白，却被他拒绝了，被伤了心的羞涩小姑娘自然需要一个怀抱给她疗伤，而阿杰的怀抱一直向晓静敞开。夕阳西下，海天相拥，天时地利人和，他们顺理成章地在一起了。所以再多追女孩的技巧，都抵不过一个女孩失恋难过的时机。

一个白富美校花，一个痴情小霸王，两人在一起就是校园里一幅男才女貌的最美风景。晓静虽然因为伤心才跟了阿杰，但是在一起后便不可自拔地爱上这个坏小子。女生爱上一个人其实很简单，因为每天送她回家的是他，说"晚安"和"我爱你"的是他，被人欺负时保护她的是他，流泪时把她揽在怀里的是他，第一次牵手、拥抱、接吻以及所有的第一次都是他，所以这个他便不仅仅会让她死心塌地、一往情深，也注定成为生命中的无可取代，这种烙印便叫初恋。

阿杰和沈澈因为这事生分了很久，也没有明确闹掰，就是三个人见面难免尴尬。一次篮球场上沈澈和阿杰交锋，动作大点、几句口角，两人就干上架了，出手都挺猛，导致惨重的两败俱伤。但是男生之间的间隙，打完一架，点根烟、喝点酒、聊开了就还是哥们儿。这次敞开心扉后，两人又变成无话不谈的铁瓷。

后来叶薇有问过沈澈，当初这样一个全校男生为之倾倒、仰慕的校花向他表白，他为何要拒绝。他说，就因为晓静太完美了，外表、内涵、才华、学习成绩和家庭条件都没有一点瑕疵，太懂得分寸，也太明白进退，完美得像个一碰就碎的瓷娃娃，过于聪明完美的女孩反而缺少了可爱，他喜欢的还是叶薇这个傻里傻气、不管不顾的闷骚小二逼。叶薇听了这话不知该生气还是该开心，不过她最感动的是，沈澈喜欢的不是"这种""这类""这些"，而是"这个"。弱水三千，只取一瓢，这种独一无二的专情，大概就是传说中的命中注定。

后来晓静和阿杰没有考上同一所高中，大学甚至都不在一个城市，阿杰只考上了老家的一个大专，晓静和沈澈恰好考上了北京同一所一本大学。大学里，沈澈和叶薇同班，和晓静不同系、不同专业，而晓静和叶薇的宿舍又在同一楼层，他们之间的关系是千丝万缕的微妙。

晓静这样貌美的姑娘，到了大学同样是叱咤风云的校花级人物，追求者更是用苍蝇拍都赶不完。这搞得阿杰非常头疼，三天两头往北京跑，可还是不放心，便托沈澈照顾晓静。所以大一时沈澈和晓静走得很近，大家都误会他俩是青梅竹马的一对，昭然若揭得都无须传绯闻。沈澈放浪不羁爱自由的天性，当然不会被莫须有的恋人关系拴住，看上去晓静虽是正宫皇后，但是后宫佳丽三千的选秀也不曾断过。叶薇那时候和沈澈并不熟，对他的偏见大多来源于此。

大二时，叶薇跟沈澈在一起后才了解人物关系和来龙去脉，而她也代替了晓静，成为货真价实的正宫。按理说，叶薇这种上升星座是处女座的感情洁癖必然会对晓静心存芥蒂，可说来也奇怪，她的确勒令沈澈将那些剪不断理还乱的暧昧关系斩草除根，但是对于大家眼中她的最大情敌晓静，她却是一点也讨厌不起来。或许叶薇自知与晓静根本不是一个量级的对手，因为晓静天生丽质得让女生都嫉妒不来，是那种走路都带着仙气、迎面扑来一阵清风的氧气级女神。琼瑶评价林青霞说："没有遇到过第二个可以和青霞媲美的女子。"而晓静就是叶薇心里的林青霞。

阿杰之后来北京的次数不再那么频繁，他们各自都形成了自己的生活圈子，但是每次他来看晓静，定会叫上沈澈、叶薇一块儿聚餐，幸好这四个人是那种永远不会沉默尴尬的两对。晓静总是话不多，但是她注视阿杰的眼神就像小龙女看着杨过一样。后来世事无常，沧海桑田，但叶薇每每想起这种饱含深情的凝望，她都会相信爱情和永恒的确存在。那就像一种信仰在叶薇心中生根发芽，一种即使自己一辈子都得不到幸福，也希望他俩能够天长地久的小小期望。

大学的后两年，阿杰忙着工作挣钱，晓静假期也在北京实习，他们见面甚至视频聊天的机会日渐减少，也出现了异地恋情侣都面临的问题。你在忙没办法回我短信、接我电话，我无助的时候在身边安慰我、帮我解决问题的永远不是你；我需要一个拥抱，你却给我一句狠心的伤害；你需要一份理解，我却给你一句任性的责备。

每次吵完架，阿杰又会后悔，就打电话给沈澈，求他让叶薇帮忙看看晓静。因为他清楚晓静不善言辞，内向又不合群，朋友本来就不多，还因为相貌成绩太过出众，经常被女生排挤孤立，伤心的时候她只敢给阿杰打电话，语无伦次地大哭一场。但是如果惹伤心的根源是阿杰，她根本没人可以倾诉。他心疼晓静流泪，但是即使她哭的时候自己不能为她擦眼泪，也希望她不要一个人忍着默默难过。

就是这个契机，晓静与叶薇熟悉起来，每次晓静与阿杰吵架后，叶薇都会第一时间赶来宿舍把泪腺快绷不住的晓静拯救走。两人就坐在宿舍走廊尽头的楼梯间里，晓静一边哭一边倾诉着自己的委屈，叶薇一边哭一边痛骂着阿杰这个混蛋，晓静听了又心疼地替阿杰说话，叶薇又生气着问她到底站哪边，两个人抱头痛哭又抱在一起破涕为笑。同样不合群、不善交际的叶薇有时觉得，虽然她和晓静不是一个量级、一个层面、一个星球的，但是她能懂晓静，因为她们是同类。

　　在穿着小礼服、踩着高跟鞋，挤着地铁、换乘公交车，去参加晓静婚礼的路上，往事一件件闪现在叶薇眼前。晓静和阿杰的名字在任何人的记忆中从来都是连体婴儿，他们中间也有争吵分开的时候，虽然历经磨难、饱受痛苦，但是他们都坚持下来了——十一年。

　　这十一年中有三年，叶薇都是这段感情的见证人。叶薇没有问他们分开的原因，或许因为争吵，或许因为背叛，或许因为家庭差距、父母不同意，或许因为时间空间上的距离，或许因为走向社会后的落差，或许因为所有她能想到的理由。但是那些已经不重要了，重要的是他们真的分开了。

　　大学时，晓静有一次说，自己刚来北京时，见不到阿杰就经常给他写信，但是阿杰从来不回信，说自己最讨厌写作文，而且有短信、QQ 这些更方便联络的途径，再不行他就坐火车过来看她，他一直不理解为什么晓静非要那么矫情地写信。晓静不管他怎样看待自己，仍然坚持着隔几周、几个月写一封信，尽管那个人不理解，尽管没有回音，尽管她都不知道他是否会看那些夹杂着爱恨悲喜的字字句句。

宿舍楼梯间，窗户内外一片漆黑，叶薇看不清晓静的神情。晓静说这些话的时候没有眼泪，没有哽咽，只是平静地透过窗户的铁栏杆眺望远处的霓虹灯火，那平静中隐藏着一种更大的失落。

后来叶薇在给沈澈写爱心日记却没有回音时，才明白晓静当时那种心情。可是她又佩服晓静的坚持，毕竟在明知得不到结果的前提下，大多数人都会像叶薇一样中途放弃，但晓静却偏执地写了几年。我们在不懂爱的年纪，爱得最用力。

晓静看着远方的点点光亮，跑回宿舍拿了拍立得，在漆黑一片中将带有铁栏杆的远方照下来。连叶薇也无法理解她的行径了。

她说，初中每天放学一块儿等公交，下了车阿杰还要再送她到小区门口，看着她上楼的背影完全消失才安心离开。阿杰家是跟她家完全相反的方向，虽说城市小，堵车没有北京那么邪乎，可每天奔波南北大对角也需要足够魄力。晓静不肯让阿杰那么辛苦，但是始终都拗不过阿杰，就因为有一次晓静在路上被俩流氓盯上，拦住后死活要手机号，之后三年阿杰再也没让晓静独自回家过一次。

有一回自己有急事实在护送不了，阿杰就找晓静他们班一个女生骑电动自行车把她送回家。论偏执，谁都比不过阿杰，在真心爱护一个人这件事上，他简直就是世界上最大的偏执狂。

叶薇一边给阿杰的骑士精神狂点赞，一边持续纳闷中，这跟照片有半毛钱关系吗？

晓静问："你知道海边什么最美吗？"

叶薇不假思索："海水、沙滩、比基尼！"

"都不是。是天空，夕阳下海边的天空。"

这个最美的场景仿佛映入她们眼帘。在夕阳下的海边，有个少年护送心爱的姑娘回家，他们或沿途走走停停，或在公交车上眺望窗外。两个偏执相爱的人，内心无论如何炽热、如何装满对方、如何敢与世界为敌，也不敢直视对方的眼睛，只能望着海的尽头发呆，然后不时偷瞄一眼、窃喜一阵。

年少的我们都是这么自负又自卑的矛盾体，在全世界面前无限自负，在喜欢的人面前又极度自卑。当时只觉得天空有那么美，后来独自看天空才发现，美好的并不是天空，而是和那个人一起看天空的感觉。那种感觉就像漫天飘落着花瓣和糖果组成的雨，轻柔，甜蜜，香气袭人，不可思议。

虽然看着天空，眼里却只有对方；虽然爱着对方的心燃烧如夕阳下海边的血色天空，但是只敢望天空不敢看对方，害羞、矜持、矛盾又不自知是那个年纪才有的特权。

婚礼那天，老同学到场的很少，除了晓静内向、不合群，本来朋友也不多以外，可能熟悉的旧友都很难接受新郎不是阿杰的结局。整场婚礼举行得异常顺利，晓静仍然是最美的焦点，难以抑制的喜悦，甚至丝毫看不出是强颜欢笑。新郎身高与晓静相当，斯斯文文，很有涵养，也很有财力。

结婚不是结束，仅仅是个开始。那个人也不是终结者，只是暂时以为的救世主，拯救她于难以忘怀的水深火热之中，他或许不像从前的那个人那么爱她，她也不会再像对从前那个人一样地不留余力，可是他就是出现得恰到好处，恰如其分地解释了什么叫作"命运"。

不完美就像绝世佳人的脸上，长了一颗巨大无比的青春痘，这比美好还要显眼。所以尽管在外人眼中这是精彩绝伦的曼妙婚礼，叶薇却只看到了那颗青春痘。虽然现场播放着婚礼进行曲，她却只能听到晓静心里唱的那首杨乃文的《祝我幸福》。

叶薇去厕所的间隙，看到了一个行踪鬼祟的人，直觉告诉她那个人就是阿杰。她寻着他的踪迹一路走出了酒店大门。

"阿杰？"在他准备离开时，叶薇试探性地叫住了他。

他被吓了一跳，转身看到叶薇愣了好一会儿才认出来。叶薇离得很远也能闻到一股酒气。

"正好你在，帮我把这个交给晓静吧，当作我送她的结婚礼物。"说着阿杰把一个有些岁月痕迹的盒子递给她，"替我祝她幸福。"

后来在高中，两个人没办法每天放学一起走。面对高考的不断施压，晓静所在的重点高中每天晚上都补课，或者上晚自习到八九点，然后家长开车来接她。上普通高中的阿杰，根本无心学习，翘课、打架、去网吧、混社会，做一些那个年龄觉得很酷的事。

他们只能在晓静周末补课后偶尔见一面。一次两人坐在海边，晓静提分手，阿杰问她原因，她沉默不语。熟悉水性的阿杰以跳海相威胁，晓静只是吧嗒吧嗒地掉眼泪，阿杰害怕她掉泪倒反过来安慰她。

她哭到夕阳被海面吞没，才说只是觉得坚持不下去了，每次她看见班里窗外的美景，或者放学时途经海滩的天空，总觉得落寞。这些话没有人可以倾诉，风景也没有人可以分享，说出来只会觉得矫情和多愁善感。两个人在一起没有陪伴、没有交集大概也不可怕，可是不能倾诉、分享和理解那些琐碎的小悲喜，反而叫人失落。她说，感觉他们不仅再看不到一样的天空，连心灵相通的桥也腐蚀崩塌了。

阿杰作为一个粗犷的爷们儿，那个时候似乎也理解了晓静细腻而敏感的内心。因为在别人眼中这矫情叫公主病，但在阿杰看来，晓静就是他的公主。他把哭泣的公主搂入怀中，不停地道歉，让她把自己看到的天空拍下来发给他，有任何感触都发给他，他一定不再忽略她的内心。

在那个没有微信的年代，一条短信好几毛钱，一条彩信好几块，手机信箱里能存下来的只有几百条，因此所有的联系都显得格外珍贵。

开始晓静经常拍照发给阿杰，后来突然断了联系，晓静短信不回，手机关机。很久之后，发了疯的阿杰才知道，晓静上自习时拿手机照窗外，给他发短信时，被趴在后窗的班主任发现，逮了个正着，手机被没收，早恋的事情还被告诉了家长。

阿杰要给晓静重新买个手机，晓静不肯，怕再被家长发现。阿杰就在空闲时间去打工，比赛飙车、酒吧驻唱、倒卖摩托、夜店推销酒水，终于攒够钱，买了一个拍立得相机和一大盒相纸，当作生日礼物送给他的公主。那个时候拍立得并不便宜，对一个高中生而言简直是奢侈品。叶薇垂涎许久，可是她掰着手指头算了算，买得起相机也买不起相纸，于是她再次对阿杰狂赞不止。

晓静对叶薇讲完这个故事，在叶薇连连称赞和羡妒声中，在照片背面写了几句话和日期，大意是：对叶薇讲了拍立得和天空照片的典故，她说我们像童话里的公主和王子。我说你不是王子，而是守护我的骑士，与我并肩作战，对抗孤独和全世界的千军万马。

每张照片背后都有一段话，每段话背后都有一个故事，每个故事背后都是一寸夹杂着孤独与思念的时光。

但是这时光却并不凄凉，反而是暖色调的，因为有一个骑士愿意去理解和保护公主柔软的内心，愿意陪着她一起疯狂、一起矫情、一起对抗岁月无情和世事孤立。年少又何妨，千夫所指也奈何不了，有个人与我并肩作战，对抗孤独和全世界的千军万马，这时光就是如此浪漫悲壮又轰轰烈烈的爱情史诗。

或许你会嗤之以鼻，会觉得这是矫情是虚假泡沫，会觉得这年少时的云淡风轻，不如夏日里喝冰可乐来得刺激，也不如细水长流岁月中的柴米油盐酱醋茶来得实在。

但我想，很多当时被认为的矫情，在日后回顾却是不可多得的浪漫。那些荒唐小事，那些点点滴滴、斤斤计较的介意，那些一碰就是惊天动地的青春，一提就是刻骨铭心的爱情，好似大多都源自于我们未经世事的横冲直撞，以及真心实意的矫情浪漫。而我更愿意将矫情换作另一个词：偏执。无所谓是否褒义词，因为我们的年少时光就是没有黑白分明的是非对错。

偏执，有时候因为太过深情。如果世间一切规律都是在成正比的情况下运转，有多偏执，就有多深情，有多深情，就有多幸福，那晓静和阿杰一定会是最幸福的那对，至少叶薇希望是。

婚礼结束后，叶薇趁着周围没人把盒子交给了晓静，并告诉她阿杰来过。她打开看，定格了几秒，拿出一封又一封的信——满满的一盒子，从晓静刚到北京时寄给阿杰的信，他都完好无损地珍藏着。那时倔强又不解风情的杳无音信，在时过境迁后幻化成一封封阿杰深情的回信。所有的执着和深情都将有回馈，只不过造化喜欢调戏时间、捉弄世人罢了。

晓静一字一句地读着回信，读完后竟没有流泪，只是一时语塞，淡淡地说"谢谢"。叶薇知道这份结婚礼物太过贵重，因为那盒子里装的不是信，而是他们的"回忆"。

这个世界的假如，就是在另一个平行时空内，你和他幸福美满，白头偕老，所以这个时空下你和他才必须忍痛度过没有彼此的漫漫长夜和浮生流年，所有的遗憾就交给另一个你来代为完成吧。

晓来谁染霜林醉？总是离人泪。

叶薇想奔向很多人，对他们说"我不恨了，我原谅一切了"，可是她已经没有通往他们的路了。

　　参加完婚礼的她，没有奔跑，而是独自坐在路边胡思乱想，于
萧瑟寒风中吃着第二个半价的麦当劳甜筒。每个人都是八音盒上的
小人，自己转自己的。叶薇未必能完全体会晓静和阿杰的忧伤，正
如旁人也无法理解叶薇和沈澈的彼此折磨。

　　原本像镜子般相看两不厌，却被生活的琐碎冲散得七零八落，
被时间的冗长抻得毫无韧性。

　　其实叶薇舍不得的不是那个人和那段感情，而是舍不得那份彻
彻底底——他们曾经彻彻底底地属于彼此，共同分享了五年的美好
光景。他俨然已经打破了那份纯粹，她也无法再把她彻底移交给下
一个人，于是就桎梏在这进退维谷的尴尬境地。

　　叶薇在微信上打了一行字："想到我的未来再没有你的参与，
我就感觉怅然若失。"然而最终她还是删掉了，想着：我又克制住
了情不自禁想回头的冲动，真棒。

周末下班后同事们去 KTV 唱歌，向来内向又不参加同事聚会活动的叶薇几番推脱，终敌不过苏凡的盛情邀请。这些朝夕相处的同事们，纷纷用歌喉表达了对新成员加入的欢迎。尿哥活跃欢快地唱着五月天的《噢买尬》，骚骚的歌声简直和苏打绿如出一辙，陈老师唱着陈奕迅的《K 歌之王》，展现出难得的深情款款。除此之外，叶薇还重新认识了时尚瘦小的南方姑娘安妮、豪爽奔放的胖妞佳佳、沉默低调却机智过人的小菲，以及比叶薇大两岁的单身妈妈容姐。

桌上码满了空酒瓶，有比赛吹瓶的，也有摔酒瓶的，大家都喝嗨到忘乎所以。突然，气氛突然安静下来，一段熟悉的前奏钻进耳朵。是叶薇的手机里随时都需要备一首的《分手快乐》，它就像急救箱里一剂特效药，让泪腺一触即发，而她随时都需要它来疗伤，让自己好好发泄一场。

"挥别错的才能和对的相遇"，苏凡在远处投入唱着。叶薇第一次听到苏凡的歌声，也是第一次听到男声版的《分手快乐》。他的歌声没有太多技巧，温暖如品冠，清澈如光良，治愈系又戳中心尖。

"你发誓你会活得有笑容，你自信时候真的美多了。"唱完最后一句，在众人的掌声和欢呼中，苏凡看到角落里的叶薇已经泪如雨下。

叶薇曾对沈澈说，她喜欢那个歌手，喜欢那首歌，她多么希望他可以为她去听那些歌，去听听那些她想要对他说却说不出的话，她多么希望他可以也在听到某首歌曲的时候就想到她，希望他在 KTV 专门为她唱一首歌。可是她知道他没有过，也不会那样做，这就是他和萧林风的区别。因为唱歌跑调的萧林风竟然可以把她唱哭了，那是需要多深多深的感情才能发出如此感人肺腑的音符，以至于过了很多年，每当她听到那些他唱给她的歌曲都会泪流满面。

在她心里，萧林风固然是个彻头彻尾的混蛋，可那也是个深情的混蛋。而沈澈从来都不是混蛋，却是如此薄情寡义的优雅绅士。她不禁嘲笑自己，再自作聪明、清醒自省，却始终逃脱不出这大片大片的爱情沼泽地，九死一生地逃出一个，却又陷入了另一个泥淖中。她觉得自己很可笑、很可怜，也很可悲。她骂自己活该，自作自受罢了。

同时，她更加感激苏凡。一首歌是最好的安慰，比一万句"你没事吧"都管用。哭过后，他们远远地相视一笑。

我们带着一颗心，翻山越岭，漂洋过海，披荆斩棘，跨过彩虹桥，穿过芦苇丛，满身伤痕于缥缈红尘，寻觅一个可以妥善保管、温柔相待、全力保护的人。谁知这一路的艰辛追寻，收获的并不是等价交换的另一颗心，而是使自己原本一击即碎的心，变得坚不可摧。

我们最脆弱的地方也是最坚强的地方，因为那里曾经溃烂无数次，结出厚厚的血痂可以保护我们。

生活有时候很像穿衣服，你可以选择穿得松松垮垮，甚至破破烂烂，但是如果你想穿上那件很华丽的紧身衣，就必须要拼命减肥，要付出比那些瘦骨嶙峋、那些天生丽质好身材的人更多的努力，才能塞得进去。

叶薇深知自己如履薄冰的处境，若自暴自弃只是给想看自己笑话的人提供幸灾乐祸的机会罢了。她要努力减肥，要努力工作，要努力结交朋友，要努力摆脱过去。人活着，若停留在我能够怎样便是安稳，若驻足在我可以怎样便是富足，若奔向我想要怎样才算是奋斗。她现在就是要努力奋斗，努力给坑爹的命运一个闪亮的耳光。

独善其身的时光是漫长的，但日子总是转瞬即逝的。工作上让纪念不再有机可乘之余，叶薇还跟一块儿去唱歌的同事们打成一片，午饭时女人们经常围在一起聊八卦。

最近，漂亮的小姑娘安妮也失恋了。她刚染了头发便和他在一起了，他说不喜欢她染头发。一年多过去，新一轮的黑发长出，染过的已经快剪到了头。她又回到从前，而他却早已走远。

"要我说，要么就干脆染个粉头发，要么就抽丫的！"胖妞佳佳边吃边替安妮打抱不平。

"感情有时正如那三千愁丝，终究会被时间剪断，被新恋情代替。这大抵便是世间的轮回。"小菲信佛吃素，看着佳佳大快朵颐、大口吃肉，不禁念起了"阿弥陀佛"。

只有单身妈妈容姐在一旁心不在焉，若有愁云。

"圆桌八卦"结束后，叶薇走到容姐身边，关切询问。容姐微笑摇摇头，勉强挤出一丝微笑。

大一刚进校的女生是热腾腾、香喷喷、冒着气儿、新鲜出炉的抢手货，学长们这时候的鼻子比狗还灵敏，嗅着气味就能找到质优又味美的点心。但是那点心放久了就会变凉变硬，不再香气四溢，不再光鲜亮丽，食之无味，弃之可惜，然后就被束之高阁，慢慢变成了学姐。而学姐们则是放得越久越难销售，最后只得减价促销，赔本赚吆喝的也有，不买一赠一就不错。关键是除非你裸奔出现于校园，否则压根不会有人问津你的悲喜，你打着广告大街小巷地嚷嚷也无人理睬，权当是去德云社听了场单口相声。

说得未免有些凄凉惨淡，但现实的残酷性只会有增无减。上天导演出只见新人笑、不见旧人哭的剧情，人们表演得淋漓尽致，舞台灯光音响一应俱全，各种到位，各种声泪俱下，各种交相呼应、琴瑟和鸣，各种狗血洒了一地，逼真得像是血流成河的大姨妈。

这则原理在公司也同样适用。午饭过后，纪念介绍大家一位美女新同事，男人们的四射激情一下被点燃，女人们的八卦细胞也一触即发。一派生机盎然过后，所有人都屏气凝神地翘首期盼这位新人隆重登场。

只听一种不合时宜的声音打破了戛然而止的静默，一口水喷到了地上，所有人还没来得及为新人驾到而鼓掌欢迎，目光就先转向了没憋住诧异之情的叶薇。一片尴尬诡异气氛中，响起了热烈的掌声，叶薇隐约感觉到那位新人的吃惊程度不亚于她的，还有那对她积蓄已久的怨恨眼神。因为这位不同寻常的新同事，就是与叶薇有过交手的、她初恋男友萧林风的现任女友韩依依。

在同事们热情的帮助下，韩依依很快就对公司概况、工作流程驾轻就熟。空闲之余，她还不忘与"旧相识"打个招呼。她走到叶薇座位旁挑衅："真是冤家路窄啊！"

叶薇没有抬眼看她，而是不慌不忙地喝了一口水："海内存知己，比邻若天涯。"

韩依依发出轻蔑的嘲笑声："没文化还瞎拽！那叫'天涯若比邻'！"

叶薇也冷笑了一下，仍旧看着电脑屏幕："在这个空间之内，你和我之间，还是'比邻若天涯'更合适些吧。'相看两不厌，唯有敬亭山。'咱谁也不是敬亭山，所以最好视而不见，别跟自己过意不去。"

韩依依听得云里雾里，可也知是自讨没趣，强忍着怒火，愤愤离开。

下班后，韩依依大方地自掏腰包，请所有同事吃饭唱歌。所有的意思是，自动排除叶薇。这个很会来事儿，又年轻漂亮，又能疯能闹的富家女，很快受到了大家趋之若鹜的追捧。而被抛弃的人就像被丢弃的内裤，没人会多一秒顾及。

人去楼空，叶薇本以为自己是最后一个离开的，却意外地听见楼梯间传来打电话的恳求声音。容姐从楼梯间出来，着急得泪眼蒙眬。

叶薇帮容姐和四岁大的女儿晨晨，把她们的物品收拾好，从半地下室的廉价租房搬到自己家。容姐老家出事，急需用钱，所以只好拿手头的钱去应急。在房东宽限之期内，她没交上房租，来了新房客，她们母女俩被赶出来了。于是，叶薇就让她们先住自己家。

容姐哄女儿睡觉后，跟叶薇一起在客厅边整理箱子、边聊天。

"有一次，我们住的那个地下室窜出来好几只大老鼠，吓得晨晨不停大哭。我当时六神无主，却也顾不上害怕，就想着保护晨晨，想着把老鼠赶跑。后来才发现，柜子后面的墙壁有个大洞，老鼠都在那安家了。那天晚上，晨晨抱着我，她睡觉的时候直抖，做了一宿的噩梦。从那个时候起，我就下决心，再也不能让我女儿在地下室里生活了，一定要给她提供我能提供的最好的生活条件。"

不堪回首的往事对容姐来说历历在目，她讲完两人都沉默了良久。

"你们就安心住吧！只要别嫌我这太小太乱，反正我也是一个人。"叶薇说着又从柜子里拿出一个信封塞给容姐，"钱不多，但是你先给老家寄去吧，解燃眉之急要紧。"

容姐再三拒绝也难抗叶薇的坚持，感激从她眼中流露。

"听说韩依依是韩志诚的千金！"

"听说她妈也家世显赫，黑白通吃！"

有时小道消息比官方新闻还快速准确。韩志诚确实是韩依依的亲爹，也是这家《新浪潮》杂志社所属传媒集团的总裁。他让刚毕业的韩依依来这里工作，美其名曰是让她从基层做起，其实是想让这个只懂疯狂购物和恋爱的女儿尽快熟悉公司和行业，便于以后接管。

有了这个基础知识打底，别说得罪分毫，谁还敢不众星捧月地围着这位千金大小姐转啊？同事们也敏感地察觉到韩依依与叶薇之间的不睦与过节，处在风口浪尖，大家只好有意无意地躲避叶薇。

最大的伤害不是辱骂，而是冷漠。这并非世态炎凉，而是人之常情。于是，除了苏凡和容姐，叶薇与同事们再次疏远。

之后每天午饭时的"圆桌八卦"、同事间的聚会消遣，都是由韩依依来主导，有时她的权威性甚至凌驾于纪念之上。纪念表面上对这位千金百依百顺，不给她安排太多太重的工作任务，但是以叶薇对纪念的了解，她闻到了从背后扑面而来的火药味，看到了这个笑得异常灿烂真诚的女人手里握着的那把刀。

每天下班，萧林风都会在公司楼下等韩依依，然后开着他的敞篷小跑，把音响调到最大声，一路飙回家。同事们每每发出羡慕不已的惊叹声、起哄声，可更爽的是韩依依与萧林风在他们的跑车中拥吻，恰巧孤零零的叶薇从楼里出来，于瑟瑟寒风中撞见这甜蜜浪漫的一幕。感情有时需要像小狗撒尿一样，对天下宣告这是专属我的地盘，谁都侵占不得。叶薇心里的疑问始终大于难过：这么冷的天儿开着敞篷，脸不会皲吗？

　　冬季是一年中最难熬的，漫长而无望，尤其是这个冬季。眼泪流出来便立刻结成冰，用糖葫芦的酸甜冲淡心里的苦，拿烤白薯来取暖替代另一双手的温存。这个冬季，叶薇仍然在踽踽独行的路上冷暖自知着，幸好有夏蕾、苏凡和容姐的鼓励，让她能苟延残喘地挺过来。在冰天雪地的人间，给予一个暖身的拥抱，陪她走过一段未知的路途，她便会奉上全部真心和赤诚。感动而已，感激而已，感春悲秋而已。陪伴和挂念始终是最好的置换。

　　这世界有时候，就像宿舍楼层里几日未清理的卫生间，肮脏、腐朽、酸臭，却又不得不在那里洗漱。对于这个偌大的世界而言，一个生而渺小的普通人是多么无关痛痒、无足轻重、微不足道、不值一提，一个人的情绪卑微如是。

微笑的时候，别人会觉得你滑稽幼稚有所图；不笑的时候，别人会觉得你冷漠孤傲不易近。一次聊天中苏凡说："看见你总是嘴角向下，说明你有心事，电视里说这个动作是刻意做不出来的。"叶薇默不作声，苏凡接着说，"你看上去并不幸福，没有那种真正的发自内心的快乐。总觉得，你很孤独……"听到这些话，不知怎么，叶薇眼泪一下子就止不住了。当路谁相假，知音世所稀。她清楚那一刻内心的溃不成军。

这个冬季雪来得特别晚，那些从天而降的惊喜拥抱人间，却被玷污了贞洁，任人践踏、挥霍，随着心融化成一摊摊徒增烦恼的烂泥。冷空气掌控压抑着整个北半球，叶薇与沈澈生活中唯一的交集便是他们都在翘首期盼着春天。

两点零三十九分，流星划破的梦魇，低头掉落的睫毛，水晶灯投射在墙上斑驳陆离的光影，手机的心跳，盆栽的叹息，电脑的呼吸声，两个不同的钟表节奏不同的滴答声，还有，很久不敢面对的自己。

往事悠悠，长夜漫漫。寂寞如同蟑螂，在黑暗中倾巢而出，肆意横行。它不会将你打败，而是慢慢啃噬你的回忆，然后将你沦为奴隶。

不许再刷你微博，不许再看你发给我的短信，不许再对着我们的合照傻笑，不许再怀念你曾经的温暖，不许再为你这个薄情的人流眼泪。可惜，所有惊叹号的"不许再"都是披着恩断义绝外壳的"不得不"。

在悲哀中觅食琐碎的快乐，在遗忘中吸收曾经的温柔，就是这样，叶薇侥幸地度过了冬季，她从来没像现在这般渴望春天到来。

过了年没多久，晓静联系到叶薇，希望她可以帮一个忙。她们约在学校附近的咖啡馆，岁月流逝，虽然换了一家又一家店主，一个又一个名字，可这里仍然是幽暗又颇有情调的文艺青年聚集地，物是人非永远最叫人心痛。

叶薇坐在靠窗的位子，店内播放着王菲的专辑，伴随着开门的风铃声，抬眼望见晓静姗姗而来。婚后她变得愈发消瘦，气色也大不如从前，但是走近了可以发现她微微隆起的小腹。

"你好久没来啦！还是一杯摩卡不加糖吗？"老板亲自过来熟络地招待晓静。

晓静把手放在肚子上："恐怕不能再喝咖啡了。"

"恭喜……那……不如来杯玫瑰牛奶？"老板有点吃惊，晓静微笑着点点头。

问候，祝贺，寒暄，她们曾经见证彼此幸福，如今却无法进行实质性的交谈，也很默契地避开对方的伤口，都怕触碰内心那些柔软而敏感的地方。

晓静不住地往玫瑰牛奶里放糖。突然，她一怔，眼中泪光盈盈，似乎是听到了咖啡厅播放着王菲的《约定》。就是这首歌的时间，世界都静默不语，只有窗外云卷云舒的游动声。

"就算你壮阔胸膛，不敌天气，两鬓斑白都可认得你。"待到尾音渐弱，凝固的空气才一瞬融化。晓静从袋子中拿出一个同样有些岁月痕迹的盒子递给叶薇，麻烦她帮忙转交给阿杰。

"我现在已经为人妻、为人母，没办法再回头看了。之前交给我的回信我读过了，但是回忆，我删掉了。"晓静望着窗外风轻云淡的天空，每一个字都讲得清楚无比，"希望我们都能往前走，冬天快过去了。过去的，也该过去了。"

又是良久的沉默。不一会儿，晓静老公开着奔驰车来接她。告别后，她走出几步又慢慢回眸，欲言又止，只留下"保重"二字，说着无意间望向帘后的暗处，然后走出咖啡馆。叶薇看见晓静的老公下车过来搀扶她，为她开车门，为她盖上一条备好的羊绒毯子。

晓静走后，阿杰从帘后走出来，坐在晓静的位子上。叶薇把盒子交给他，他摸着盒子说："以前我们经常来这里，每次她都会点一杯不加糖的摩卡，她说因为她是个专一的人。我不喜欢喝咖啡，觉得太苦，她说跟我在一起再苦的咖啡都是甜的。"说着，阿杰喝了口晓静剩下的玫瑰牛奶，吻着她余留的唇印，"她现在爱喝甜的，一定是心里很苦。"

"她最喜欢王菲，最喜欢这首《约定》，还特意去学粤语，为了唱给我听，她说每一句都是她想对我说的。"

"她……以前跟我有过一个孩子，但是那时候我们都太小，负担不起责任，后来就打掉了。我当时看着她做完手术在我怀里疼得直叫，我觉得自己就 TMD 是个混蛋。她现在怀孕了……我真的挺替她高兴的。"

阿杰哽咽着打开盒子，竖起的围墙一下子轰然崩塌，这个打起架来绝不含糊的爷们儿趴在桌上泣不成声。

初中毕业后，晓静和阿杰有一整个夏天的青春可以挥霍。阿杰骑着摩托车，奔向有阳光的远方。晓静抱紧她的全世界，完全信任地靠在他背后。

夏季属于恋爱的人。那个夏天，他们以为青春就是人生，以为现在就是未来。

那座海滨小城的每一个街头巷尾，都有摩托车车轮碾压过的痕迹，每一个角落都有他们手牵手走过的影子。

他们常泡在一个小酒吧里，阿杰晚上在那驻唱打工，下午酒吧会放映一些老电影，他们可以免费喝饮料、看电影。作为学霸的晓静很少有机会看电影，《花样年华》《情书》《甜蜜蜜》……那些爱情片她看得目不转睛。打工到深夜的阿杰，每回一看文艺片就容易犯困，男生大多喜欢看《教父》《美国往事》这类黑帮犯罪片。

一次酒吧放张艾嘉的电影《心动》，小小的投影上，短发穿着校服的梁咏琪，长发弹着吉他的金城武。晓静看得入神，阿杰再次睡着。结尾处，张艾嘉打开盒子，里面是满满天空的照片，沧海桑田之后，那个爱过的少年写："这些都是我想你的日子，把它送给你。"

离开酒吧后，晓静赌气阿杰睡着，她被电影感动得哭还被阿杰嘲笑，倔强地不肯坐上摩托车。阿杰推着摩托车跟在她身后，离海滩不远处，他把摩托车停下，跑过去猛地把晓静抱起来奔向海边，转着圈说笑要把她扔进海里。

他们坐在海边看夕阳。

"你辛苦归辛苦，什么时候有空嫁给我？"阿杰说着《心动》

中的台词。

"原来你装睡啊！还骗我！"

"我没有骗你啊！我是真的好几天没睡。但是每次侧脸趴在桌子上都睡不着。"

"为什么？"

"我一睁眼就能看见你，所以舍不得闭眼啊。"

"油嘴滑舌！"

"喂！记住今天的海滩和太阳。"阿杰严肃起来，"只要太阳会从这片海滩升起落下，我对你的爱就不会变。"

"油腔滑调！"

阿杰突然冲向海里，被海水淹没，久久不见人影，把晓静急坏了。夕阳把海水也烧成沸腾的绯红色。阿杰从海里远远走来，背后顶着巨大光晕。

阿杰单膝跪地，拉过晓静的手："只要太阳会从这片海滩升起落下，我对你的爱就不会变。"他把从海里寻来的巨大贝壳打开，"以此为证。"

晓静面前，巨大的贝壳里面，是闪着温润光泽的珍珠。

隔几天的晚上，阿杰把晓静带到酒吧，故作神秘地把她的眼睛蒙起来。当眼罩摘下时，所有他俩认识的朋友都欢呼着映入眼前，酒吧昏暗的灯光下，小舞台背板上用上百个贝壳拼贴的那排字最耀眼："1000 天快乐。"

阿杰站上舞台，拿起麦克风："晓静，从第一眼见到你，我就对你一见钟情，就认定你是我这辈子要娶的姑娘。从第一眼到今天，刚好1000天。从那时，我每次看日出日落，看潮涨潮退，我都希望身边有你。我每次一个人经过海边，都会捡一个最美丽的贝壳，攒着攒着就攒了1000天。这些都是我想你的日子，把它送给你。"

在众人的起哄声中，晓静走上舞台。阿杰弹着吉他，为他的公主献唱一首《约定》。阿杰头顶是巨大光晕，身后是上百个贝壳。

咖啡馆里再次播放着《约定》，叶薇面前，阿杰趴在桌上泣不成声。

晓静给他的盒子里面，装满了她偷拍他的照片，流着口水睡觉、狼吞虎咽地吃饭、回眸一笑的背影、单手灌篮的英姿、弹着吉他深情唱歌、骑着摩托向她招手……还有，所有她为他拍的天空，有拍立得照的，也有手机、相机照的；有在北京照的，也有在老家海边、学校以及每一个她去过的地方照的。

每张照片背后都有一段话，每段话背后都有一个故事，每个故事背后都是一寸夹杂着孤独与思念的时光。

只是公主最后还是嫁给国王，成为王后。那个并肩作战的骑士，终究无法再陪伴她看细水长流，无法再一起对抗孤独和全世界的千军万马，这时光是如此浪漫悲壮又轰轰烈烈的爱情史诗。红尘乱世之中的儿女情长，往往身不由己，成为凄美遗憾的传说。

爱恨情愁在时间面前，都只是浩瀚宇宙中的繁星。叶薇终于明白，这个世界上最痛心的不是死别，而是生离。

春天来到的第一个预示，就是一年一度情侣们秀恩爱，单身们更寂寞的情人节。说来也奇怪，虽然叶薇从高中到现在大部分时间都没单着，但是从来没有过过一个真正意义上的情人节。一到情人节，不是分手就是异地，她终于说服自己确信与这个节日无缘，以及注定孤独终老的宿命。

虽然孤独已经变成一种习以为常，但是有了节日的反衬却显得格外悲凉。办公室的人们都紧绷着最后一根弦，数着时钟上的每一个滴答声，以严阵以待、蓄势待发的状态等待着下班时刻的爆发。

就在这种出奇静谧的氛围中，粉红色烟花划破窗外藏蓝色苍穹，如石子在平静湖面掀起的涟漪，吸引了写字楼所有人蜂拥而至窗边。写字楼前有人用一货车 roseonly 的永生花摆下誓言，"一生只送一人"的 roseonly，"永不凋谢"的永生花，"韩依依 Marry Me"的誓言，站在誓言中间的人便是萧林风。

韩依依走进萧林风给她的誓言，萧林风单膝跪地向韩依依求婚，她毫不犹豫地答应，两人在一片注目和欢呼中，在烟花和永生花中，在他们的轰轰烈烈与地老天荒中，转着圈相拥相吻。

生活如电影一样需要高潮迭起，需要煽情桥段，更需要大剂量的浪漫和感动来麻痹自己。

这一切在叶薇眼中，似乎如此熟悉。

"还生我气啊？"高中放学时，萧林风在校门口拦住叶薇。

叶薇因为低年级小妹妹给萧林风发的暧昧短信而和他吵架、闹掰、冷战，他们的第一个情人节也因此泡汤。

节日过后，萧林风来找叶薇重归于好，叶薇仍旧赌气不予理睬，径直往车站走。萧林风跟在她后面等车、上车、下车，下车后仍旧跟在她身后走在大街上。突然萧林风拉起叶薇的手，在新街口大街上狂奔起来，她的手和脚完全不受控制地追随着他。他把她拉进 DQ 冰淇淋店，把她按到座位上，很紧张又很激动地喘着粗气，叫她坐在那里别走，等他。

过了一会儿，萧林风狡黠地笑着回来，把一杯抹茶冰淇淋屌炸天地放到叶薇面前："先把这个吃了，吃完我有话跟你说。"

叶薇"扑哧"一下笑出声来，萧林风纳闷她所笑为何。

叶薇笑完很淡定地说："你想说的不就是：暴风雪都过去了，

还有什么过不去的吗？"

"我擦！！！"萧林风一脸哭笑不得，"你……怎么……知道的？"

"你哥们儿求他媳妇儿原谅的招数嘛！年级里早就流传开了，拜托你有点新意！"叶薇不屑地说着，眼瞧萧林风被噎得尴尬，"快化了，一块儿吧！"

两人一起吃着 DQ 的抹茶暴风雪冰淇淋，吃完后萧林风送叶薇回家。薄暮冥冥，路途也变得遥远。萧林风给叶薇描绘着为了求她原谅，自己想出的那些既奇葩又浪漫的招数：想在她家楼下放烟花、摆玫瑰，又怕被她妈妈发现；想在自己胸口文上叶薇的名字或者一朵蔷薇，又怕被自己妈妈发现；想写封道歉信，又怕被老师发现。

他们在还未走远的冷空气中走了很远一程，暴风雪过境后所有不快也都过去，冰淇淋在内心温暖融化。

年少时的爱情，受到来自各方各处的阻碍，彼此却异常坚定，而长大后的阻碍似乎大多源于我们的内心。

叶薇下班后想从人群中偷偷溜走，却还是瞥到韩依依和萧林风在他们的誓言中相拥相吻。那一刻，叶薇莫名地真心祝福他们，甚至莫名感动，或许爱情这东西，还是可相信的。

那时候，萧林风每天都会给她买咖啡。高中时的爱，是男孩送女孩的咖啡都是放在暖气上热过的。时过境迁，那些细碎的贴心竟是最温暖的。

她仍在公交车站等车，仍然因堵车左右等不来，仍然独自在寒风中期盼着春天。天空飘起零星雪花，她伸出手触摸那些坠落尘间的精灵，好似轻柔音符。

她离开车站，在雪花陪伴下走路回家，这一路恰好经过她和萧林风高中时每天途经的新街口大街，那条街的每一个角落都上演着斑驳往事。他们在那个车站等车，他们在那家小店吃零食，他们在那条小巷偷偷牵手拥抱，他们在那个路边大吵，他们在整条街一起一起走了很久很久。那条街的那些角落，依旧上演着全新或相似的戏码，只是主角不再是她和他。

叶薇不知不觉中回到自己家楼下，远远看见一个男生在飘雪寒风中矗立成一座冰雕，走近才看清那个等她很久的男生是苏凡。

苏凡手里拿着一支很小的、手工制作的、在玻璃罩子中的玫瑰花，他见到叶薇，顾不得自己被冻僵，像个孩子般把保护在掌心的小小玫瑰花，捧到叶薇面前，送给她。

叶薇平白活了 25 年，谈了三场刻骨铭心的恋爱，但这是她平生第一次收到玫瑰花，一支不会凋谢、独一无二的玫瑰花。而这朵玫瑰就是《小王子》的故事里，小王子心中世界上独一无二的玫瑰。

叶薇的小家有容姐女儿需要写作业，他们想不到偌大的世界哪里会是藏身之处，在越下越大的飞雪中，随缘般地压马路，凛冽寒风让两个本就内向的人变得更加沉默寡言。

或许是天意，他们竟走到了叶薇、萧林风和纪念曾经一起去过的那家甜品店，当时还是新开张，多年后物是人非，新店俨然岌岌可危、将要关门易主，而旧友变成新敌，旧爱身边也已有新欢做伴。

他们点了热奶茶取暖，语言系统也随着背景音乐开始解冻。

"第一次过情人节？！"苏凡连诧异都表现得很淡定，"为什么？"

"每次都碰巧赶上吵架、分手或者异地恋，可能冥冥之中我与这个节日无缘。"叶薇轻描淡写说着。

"其实我也是第一次过。"苏凡突然有些腼腆，"那有没有在情人节很想去的地方，或者很想做的事啊？"

"以前没想过……"

叶薇正思索的时候，发现苏凡呆呆地盯着旁边的墙壁，叶薇顺着他的目光看去，发现了她和萧林风、纪念三个人曾经在墙上写下的年少轻狂的誓言标记。纪念写下三人的名字，并在每个名字旁边画了一颗心，叶薇写下我们最轻易说出口却难实现的"forever love"，萧林风用漫画画下并肩携手、满脸笑意的三个小伙伴。

叶薇脑中回忆重放的片段被苏凡打断，她从包中翻出笔，在那面墙上划掉了 for，将 forever love（永远相爱）变成 ever love（曾经相爱）。

改完后，她对苏凡笑着说："我忽然想到一件在情人节很想做的事。"

天安门广场在情人节隔天清晨依旧庄严肃穆，叶薇和苏凡被拥挤的人群支撑着，在等待中差点站立睡着。随着嘹亮的国歌奏响，他们一下振奋了精神，静静仰望国旗升起的过程。

从小到大，每周一学校升旗仪式都会升国旗、奏国歌，但是第一次在天安门广场亲历如此壮观场面，每一个人都激动得热泪盈眶。

"为什么会想到来天安门看升旗？"苏凡和叶薇在早餐摊吃着豆浆油条，苏凡还是对此不解。

"因为情人节所代表的爱情转瞬即逝，很多事、很多人都会变，只有天安门广场的升旗仪式无论风吹雨打，都永远进行，永恒不变。"

叶薇被苏凡一脸对她的话深信不疑的表情逗笑："其实是，我小时候在天安门旁边的胡同里长大，但我一次升旗都没看过，可能就是因为在身边太近，才会不懂得珍惜。长大后，更加没有那个时间和精力去做这件事。因此没过过情人节、没在天安门看过升旗仪式，成为我人生两大遗憾。一下都弥补上，顿感此生无憾！"叶薇说完一口吞下半根油条，仰脖将一碗豆浆一饮而尽，尽显女汉子气概。

苏凡看着叶薇傻笑，递给她餐巾纸擦嘴："我也弥补了人生两大遗憾，不过还是有很多遗憾。"

"比如谈恋爱吗？"熟络之后，叶薇开始和苏凡开起玩笑。苏凡腼腆地笑着。

两个人于大笑中偶然对视，暧昧电流相撞，笑声瞬间渐缓，气氛尴尬冷场。苏凡低下头继续吃着早餐，叶薇摆弄纸巾擦着嘴。

恰逢周末，吃过早餐后，他们各自回家休息。

这是叶薇第一个真正意义上的情人节，和一个不是男朋友的朋友。

她曾经以为苏凡的沉默寡言只是源于沉闷无聊，曾经将他定义为可以将一生一眼望穿的基本款，曾经甚至以为他是献媚讨好女上司的小厮。

但熟悉之后，她逐渐发现，苏凡并不是基本款，而是治愈系暖男，柔情似水，如沐煦阳，最关键的是，无论何时都不离不弃。就像那家甜品店的奶茶，暖胃暖心却不甜腻，永远在那里守候。

高中时的爱，是男孩送女孩的咖啡都是放在暖气上热过的。现在的爱，是当我在这冰天雪地的人间，需要一个暖身的怀抱，你不顾一切奔向我。

无须春风十里，一阵暖意已经融化了前夜积雪。

后来叶薇从夏蕾那里得知，之前跟她相亲的那些大神们，都找到了适合自己的另一半。谢顶的物理学博士，找到了同校同系、同样逻辑严谨、同样眼镜镜片有一千余度的物理学女博士，两人携手顺利毕业留校，成为大学物理学系老师中的神雕侠侣；开面包车和小卖铺的武壮实，回老家时偶遇了和他身高相配、同样会过日子的村花，两人一见钟情并一起将他们的"企业"发扬光大；乡土豪绅王老板，与前妻复婚了，虽然不知道外面的情人后宫是否终止争斗，但老婆最终还是原配的好；海归会计师亚当，同英国男友的真爱感化了守旧的父母，并回英国结婚生活。

而夏蕾也在情人节这天，与她的真命天子在一起。

龙配龙，凤配凤，乌龟配王八。连动物都能遇到命中注定的另一半，何况是人。

"有人说我矫情，有人说我不切实际，有人说我是处女座，有人说不作就不会死，但我相信一见钟情，相信命中注定，相信这个世界上一定存在着非我莫属的独一无二，相信我总有一天会遇见我生命中那场盛大的奇迹。"这段话是叶薇经常对我说的，我想她不是说给我听，而是说给自己心中那时而微弱的信念听，告诉它再等一下，再坚定一下就好。

我们每个人终有一天，都会遇见生命中那场盛大的奇迹。只要让信念再等一下，再坚定一下就好。

叶薇在回家的路上，耳机里播放着五月天的《最重要的小事》，看着手上那朵小王子的玫瑰花，想起了这段话。急景流年，拈花微笑。

玫瑰花会有的，情人节会有的，对的人也会有的，那件疯狂的小事不是爱情，而是你孤独的频率和我的一样。

"Darry Ring 钻戒？！"

"Forever 款？！"

"多少克拉？！"

同事们围着韩依依的订婚钻戒惊叹不已。

韩依依特意转身面向角落里孤零零的叶薇，拉高了声调："最重要的是他对我一生一世的真心。"

一生只送一人的 roseonly 玫瑰，一生只能购买一枚的 Darry Ring 钻戒，看来萧林风这次是铁了心想跟这位富家千金一生一世。与 Darry Ring 的 Forever 钻戒相比，叶薇写下的 forever 廉价得昭然若揭，时过境迁多年还是可以被改写为 ever，感情果然远远不及钻石永恒坚硬。

"而且我和老公的手机还绑定了'love'软件。"韩依依说到 love 这个词甜腻得像吃了焦糖马卡龙。

"就是那个有专属小窝，有大姨妈提醒，还能随时随地显示彼此距离的情侣软件？"小姑娘安妮羡慕得一口气说下来不带喘气。

"你又没男朋友你怎么知道？"胖妞佳佳边吃边羡慕着。

信佛的小菲一把拿掉了佳佳叼着的牛肉棒："你再吃下去就永远找不着男朋友了！看看人家依依！好身材、好容貌、好性格才配有好男友！"

小菲说得没错却漏掉了重要的一点——好背景。

"比太阳还耀眼，怪不得都跟行星似的围绕你转呢！"纪念打趣着走来，人群立即散去做事，她握着韩依依的手，仔细端详感叹着那枚比太阳还耀眼的钻戒，温柔地牵着韩依依进了办公室。

一刻钟后，纪念的办公室里传来俩人震天的大笑声，与此同时，叶薇背后刮起嗖嗖冷风，因为伴随着笑声，她听到纪念在召唤自己。

"让我给她打下手？！"叶薇一脸"你逗我玩呢吧"。

公司最近在筹备一个慈善晚会，此次晚会更像是一个时尚盛典，圈内最有名气和人气的明星都将出席，而集团总裁韩志诚也将出席。恰逢良机，纪念得到韩志诚亲自指示，让韩依依好好锻炼一下。

有钱人家的锻炼是众星捧月，是行星围绕恒星运行，是首富轻轻挥一挥衣袖，抛出五亿给儿子做投资练手。

"不然，你想做什么呢？你能做什么呢？"叶薇竟被纪念反问得哑口无言，纪念边说边从自己座位站起，缓缓走向叶薇，"不想参与慈善晚会，不想在我们手下听差遣，你随时可以走人！但是，你有说走就走的冲动，你有养活得起自己的本事吗？没错，你是叶薇，你是那个永远骄傲、永远不肯低头、永远自尊心大于一切的叶薇。但有句话说：'才华要撑得起野心。'这年头自尊心值几个馒头钱？你的自尊心又允许你不吃面包改吃馒头吗？过了这么多年，你还是没想明白，赌气可不是骨气，你连吃饱饭的底气都没有，何谈骨气？你认为我喜欢奢侈品是虚荣心，你想让别人都觉得你过得好难道就不虚荣吗？我喝苏门答腊麝香猫咖啡是因为它贵，因为我买得起。你也有一颗想喝咖啡的心，但你只买得起豆浆，你的野心也只是星巴克而已。咖啡也是豆浆的一种，虽然是同类，但它们出身不同，注定属于两个世界。这就是你和我相差的层面，其实你比我更虚荣，只不过你的虚荣心被强烈扭曲，自欺欺人地称为自尊心。叶薇，我以前觉得你很可恶，但现在我觉得你很可悲！"纪念轻拍着叶薇的肩膀，才惊醒了被催眠一般的叶薇。

古龙曾写："最了解你的人往往不是朋友，而是你的对手。"纪念可能是世界上，分析叶薇最一针见血的人，也是唯一能一招即让叶薇致命的人。

纪念和叶薇的确是趋近于相同的人，同样的敏感，同样的好强，同样的没有安全感。她们都深知，彼此之间永远只能是约等于，一切相似的性格中，叶薇是源自与世无争，纪念则是出于侵略性的不满足。

但是直到纪念说出这段话，叶薇才清楚，叶薇的与世无争是因为自己一无是处、混沌度日，纪念侵略性的不满足是因为她心存猛虎的野心，这野心是欲望，也是恐惧。

叶薇脸上写着明晃晃的四个大字："无语凝噎"。

韩依依在旁看这场宫斗好戏，一副点赞党拍手称快、杀敌泄愤的得意。

于是，接下来度秒如年的日子里，叶薇踏上了在韩依依手下打杂的漫漫长路。整理开会记录，复印装订策划案，打印、裁剪、粘贴、制作、布置晚会现场所需的纯手工活，走几公里去给加班的同事们买饭、买咖啡，每天发上百封电子邮件，打上百个电话联系媒体和嘉宾经纪人，有一半多不接电话，隔天需要重新再打，连助理的语气都带着大牌范儿，每天最早到公司准备开会材料，每天最晚离开打扫办公室的一片狼藉，给韩依依端茶递水，在下班高峰穿越大半个北京城，去晚会召开地给韩依依送只有几页纸的文件夹，时不时忍受韩依依炫耀她的钻戒和恩爱……

叶薇最初踏入这个圈子是因为喜欢写作、喜欢创意，现实与预期的大相径庭她早已习惯，也可以坦然接受，但她无法忍受自己行尸走肉地做着所有碎催的边缘琐事。面对韩依依随时随地的呼来喝去、斥责怒骂，叶薇的行为已经完全不受自尊心支配，如同奴隶一般毫无尊严，机械式木偶式地被主人招之即来、挥之即去。

那个自尊心爆棚的叶薇，被纪念的那段话洗脑，这一席话是在她的五脏六腑非要害部位各捅一刀，表面不致命，却有严重内伤，真气全散，回血无望。

期间很多次，苏凡都想帮叶薇分担她的超负荷工作，甚至想代替她承受这份屈辱，但是都被韩依依制止，也被叶薇拒绝了，她已无望到不想拖累任何人。

越是大期临近，大家越是焦虑，风干物燥，易擦枪走火。

韩依依没有组织大会的经验，虽然有纪念帮她掌控全局，但需要她决策的问题还是层出不穷，大家对于这位糊涂领袖不敢怒也不敢言。她自然能察觉出大家微妙的不服气，但是无法对大家发火，只能无缘无故拿叶薇出气。

晚会一周倒计时，所有亟待解决的问题汹涌而来，纪念和容姐却在此时外出约见嘉宾，大家再次以行星围绕太阳的排列组合等待韩依依定夺。叶薇不合时宜地端来韩依依吩咐的热咖啡，韩依依情急之下，不小心碰翻了热咖啡，烫到了她戴着戒指的那只手，并大喊大叫着责怪起来。周围人立即放下手上工作，询问着小公主伤势如何，并呵护着送她去包扎治疗。

办公室由沸腾顷刻凝固成冰冷，空留叶薇一个人收拾残局，她捡拾着地上的杯子碎片。这时一只手伸来抓住她的手——叶薇整只手被大面积烫伤得又红又肿。叶薇抬眼看，苏凡小心翼翼地捧着她的手，她抽回自己的手，继续低头捡碎片，苏凡拉住她的胳膊把她扶起来。

站起后苏凡才发现，叶薇的眼泪一滴一滴地掉落地上，与咖啡融为一体。叶薇执拗地还要继续去收拾地面，苏凡把她按到座位上，跑去拿来急救用的药箱，帮她敷药包扎，随后帮她把地面收拾干净。此间，彼此没有一句话，甚至没有一个眼神的对视和交换。

这一次，她又在外人面前流了泪，幸好这个人清楚她流泪并不是因为疼痛，幸好这个人懂得心疼面前无比坚强的姑娘，知道她内心中最柔弱的一面。

叶薇呆坐在窗边，阳光斜斜洒进，如棉花糖拥抱着她，让人忍不住融化其中，也忍不住闭上眼，感受人世纷争之外的短暂停泊。不知沉浸了多久，当她睁开眼，发现天空飘浮着难得一见的彩虹云，也发现苏凡静静坐在旁边，和她一样闭着眼睛。他如此平凡，人如其名，貌不惊人，可是这个基本款却好似这阳光般温煦。她感受静谧，而他感受她的世界。

窗台上是苏凡给她晾的一杯温柠檬水。这个世界，没有对错，只有是非。可是透过这杯清新柠檬水，俯瞰满是雾霾的世界，是否会过滤掉些许肮脏繁杂的尘埃？

当吉他合奏爱尔兰风笛，当纱布拥抱伤口，当温水浸泡柠檬，当阳光透过云朵，当静谧遇上静谧，当平凡相逢平凡，是否会散射出彩虹云般的瑰丽奇观？

这样平和的下午转瞬即逝，穿越下班大军，叶薇和苏凡隔着人山人海，淹没其中，如你如我，遍寻不到。

但是，最了解你的人是你的对手，即使是脸盲症患者，仍能轻易从大家来找碴儿中第一眼就挑出你的人，还是你的对手，对手之间的相爱相杀总是饶有韵味。

叶薇先从公司大厦旋转门挤出来，停驻楼前广场，被早早守候在跑车旁的萧林风和韩依依截住。

萧林风假装怒气冲天，说话时却不敢直视叶薇的眼睛："听说你把我媳妇儿手烫伤了？"

韩依依在一旁泪眼婆娑，她左手无名指没有戴戒指，取而代之的是厚厚一层纱布。

被严重烫伤的叶薇，双手都裹得像剥了皮的粽子一样，看着佯装委屈、楚楚可怜的韩依依，忍不住轻蔑一笑。

"道歉！"萧林风说话都不再底气十足，又小声解释着，"你就服个软、道个歉，这事就过去了。"

"什么就过去了？！"不依不饶的韩依依，丝毫看不出是受伤的受害者，"她分明故意的！害得我戒指都戴不了！"

"知道为什么结婚戒指戴在左手无名指，而不是中指吗？"不知何时苏凡站在叶薇旁边。

"因为跟心脏相连啊！"韩依依像小学生一样学会抢答了。

苏凡老师温文尔雅地微笑着摇摇头，举起他的无名指继续讲解着："无名指是用来炫耀的，中指是用来骂人的！"戏谑着，他竖起了自己的中指。

韩依依和萧林风若有所思地琢磨着苏凡老师的话，隔了两秒才反应过来："你丫骂谁呢？！"异口同声骂人时的确是般配的夫妻俩。

苏凡和叶薇默契地笑着准备走开。萧林风脾气一触即发，一个箭步上前抓住苏凡的肩膀，被苏凡一个背摔撂倒在地。苏凡将走时，被韩依依胡搅蛮缠地拽住。萧林风站起准备上前暴揍的架势，却被在一旁干着急的叶薇伸脚绊倒。再次摔倒在地的萧林风，干脆匍匐前进，抱住苏凡大腿，与韩依依合力把苏凡按压在地。粽子手叶薇连忙助力苏凡，用两只手像螃蟹一样夹住韩依依的长发往后拽，打架的时候全然不见一段时间以来的羸弱和颓靡。韩依依也不甘示弱，反手揪住叶薇的头发。

萧林风和苏凡，韩依依和叶薇，四个人在公司楼前广场互相扭打撕扯，场面激烈却滑稽异常。下班的白领们有起哄架秧子的，还有叫好的，大伙儿再次发挥出中国人爱起哄凑热闹的本性，高级写字楼前瞬间变身城乡接合部。

这个世上，总有比钻石更珍贵的事物，比如一生一世的爱情，比如难得一见的彩虹云，又比如浅浅淡淡、青涩脸红的暧昧。

暧昧的美好，是每天的早安和晚安；是看到听到尝到任何美好的事物，都想要立刻与对方分享的冲动；是把对方所有能够触摸到的信息渠道，仔细从头看到尾；是每天不断刷朋友圈和微博，希望第一时间看到对方的状态，每一条都会点赞、回复，并寻找到与自己蛛丝马迹的联系；是见面时会刻意打扮，并且对方会注意到你的微弱变化和美丽之处；是困到视线模糊、眼皮支撑不住，还是舍不得睡着的失眠，想要和喜欢的人聊到天亮；是那些无处安放的夜晚，和无处投递的情绪都有了想投奔的地方；是满脑子都是他的音容笑貌，是想要对着他笑来掩饰脸红，是想要对着他哭来索要心疼。

暧昧的美好，是我们还不知道那就是爱，却莫名拥有勇气，想要让自己变强大，想要保护对方并期盼被对方保护着。

　　最近邻居家装修，惹得家里跑出很多蟑螂，叶薇和容姐总是半夜手忙脚乱地与小强大战三百回合。

　　"有大有小，满门抄斩啊。咱们太残忍了，给小强这户灭族了。"叶薇一边念着"阿弥陀佛"，一边措手不及地将飞速逃窜的蟑螂置之死地。

　　"你不杀死它，它就会弄死你。"容姐淡定地拍死一只巨型蟑螂，一看就是久经沙场的战士，"人要是走投无路了，处境连蟑螂都不如，无处可逃，别人想捻死你比捻死蟑螂还容易。"说着，她又稳准狠地捻死一只婴儿小强。

　　叶薇学着容姐生猛的样子奋勇杀敌，同时手机唱起情歌般的铃声。叶薇和苏凡之间的联系愈加频繁，从睁眼的第一条微信问候，到睡前放在枕边的晚安，中间是每时每刻的微信，以及一打就是一小时的电话，就连走在路上也会无缘无故笑出声来。

容姐看着叶薇甜腻地躲到一边接电话，知道她已深陷旋涡，叹息着低头连拍两只蟑螂。连蟑螂妈妈也想要保护自己的孩子，可惜最终还是命丧铁砂掌。

"那天那男的是谁啊？"

"男朋友？"

"你不至于这么饥不择食吧！"

萧林风不停给叶薇发短信，追问她和苏凡的关系，叶薇自动屏蔽来自他的一切骚扰。男人的心构造如此奇怪，它大得可以装下整座普罗旺斯的薰衣草庄园，却小得容不下一艘威尼斯城河道上的船帆。

自从那天在公司楼下经过叶薇、苏凡、萧林风、韩依依四人的肉搏厮杀，叶薇再次满血复活，变成无所畏惧、无坚不摧的战士。与其说是战争激烈让她越战越勇，不如说是并肩作战的战友成为她意志力反弹的支撑。

混战之后，叶薇和苏凡坐在情人节去过的那家甜品店，两个血肉模糊的人面对面傻笑，根本停不下来，把店员和顾客都吓得够呛。

叶薇："这次你可被我连累惨了，有想过以后怎么办吗？"

苏凡耸耸肩："先担心你自己吧，韩依依他们不会轻易放过你的，你怎么打算的？"

叶薇想了一句歌词的时间："再忍一忍。"

苏凡："忍？这可不像你的性格。"

"我以前也觉得，叶薇的字典里怎么能有'忍'字呢！叶薇的自尊心怎么允许她忍辱偷生呢！一山难容二虎！不蒸馒头争口气！士可杀不可辱！不是她死就是我亡！"叶薇笑了笑，"但是现在，为了生存，为了保护心里那个小小的小梦想，小到我几乎快忘记的梦想，必须再忍一忍。"

苏凡："小梦想？"

叶薇："开一家小小的咖啡馆，隐藏在人烟稀少的胡同里。门前栽着可以遮风避雨的槐树和玉兰树，这样在春末到夏末的时节，都可开出白色花朵。阳光穿透郁郁葱葱的叶子，投影进大扇大扇圆形的彩色玻璃窗，就连天花板都是彩色玻璃窗做成的。不管白天夜晚，咖啡馆里都变化折射着五彩斑斓的光线。暖色调光源、碎花壁纸、舒适沙发，一面墙的书架摆放着满满的藏书，还有一面墙可供人们粘贴各种照片、明信片、便利贴，上面写着心情，写着回忆，写着梦想，也写着想对某个人说的话。门口满是花朵盆栽，窗边和每个桌子都放着多肉盆栽，播放着吉他伴奏的安静歌曲。闲来无事时，我可以坐在窗边写写东西。忙碌的下午，我会自己研磨和冲泡咖啡，自己烘烤制作甜点。音乐在空气介质中，杂糅着淡淡的花香、书香、咖啡香、蛋糕香。或许还会有一个楼梯通往天台，小小的天台在树荫下，可以观望日落星辰，也可以俯瞰胡同中的人来人往。在夏季的夜晚，还可以举办小型的音乐会……"

叶薇诉说着那些像烙印一样铭记的细节，好似身在其中，因为这让她沉浸的再熟悉不过的梦想，是她和沈澈共同堆砌建筑的。他们曾经因咖啡馆的装饰布置等细节而争执不下，选址在胡同深处还是熙攘大街旁，门口该栽什么树，是透明还是彩色玻璃窗，天花板用彩色玻璃窗不易清理及是否能够承重，壁纸用碎花还是单一色调，什么颜色的沙发跟墙壁颜色最配，花朵和植物盆栽不好打理，背景音乐是简单吉他伴奏还是有节奏感的，天台是否要用顶棚遮挡，夏季夜晚的小型音乐会请谁来演唱……

他们曾经因这些想象的细节而争执，正如他们为结婚后春节在谁家过、房子装修成什么样、未来要生几个孩子而争执一样，好似遥不可及的梦想伸伸手、踮踮脚就能碰到，好似未来即将到来，好似爱情会保护他们这一世永不分离。

恰恰他们因为理所当然，忘记去保护爱情。他们因为爱情共同憧憬过的梦想，却并未因为爱情散去而磨灭痕迹。梦想总是掷地有声、落地生根，而爱情却是潮起潮落、渐渐褪色。

要不是提到叶薇所保护的小梦想，她都忘记自己有多久没有想起过沈澈，有多久没有怀念他们逝去的爱情。当她想起沈澈时，她甚至忘记了他的身形轮廓、音容笑貌，也忘记了他们是如何爱过、恨过、经历过的起伏，却可清晰记得他们憧憬过的每一个细节。

从想念到想起，从日思夜想的想念到偶尔突然的想起，全部忘却总归太过无情，但时间这个筛子总会将爱恨都细细过滤，淘汰掉死去活来的浓烈，只留下这些琐碎如沙的细节。

"叫什么名字呢？"叶薇的思绪被苏凡打断，"这么梦幻的咖啡馆想好要叫什么名字了吗？"

叶薇和沈澈曾经因咖啡馆的很多细节有分歧，但只有店名是他们异口同声说出的："Destiny。"

叶薇很晚回到家，发现家里被收拾得焕然一新，门口七扭八歪的鞋被一双双整齐码放进鞋柜，散落在沙发上的背包有序地挂在架子上，被衣服和杂物霸占的椅子都腾出了空位，散落在角落的书籍回归书架怀抱。容姐已经哄晨晨入睡，门口留了一盏小灯。

窗外是这座钢筋水泥森林中的点点光亮，在没有星空的城市，在城市安眠的夜晚，那些点点光亮是尘世繁星，然而如此星辰，都不敌这盏昏黄微弱的光线来得耀眼。

这是第一次，第一次在叶薇回家后，有人为她留一盏灯，也是第一次叶薇觉得这里像个家。

叶薇挂了电话，本想跟容姐继续与蟑螂奋战，却从厨房传来了晨晨号啕大哭的声音。她急忙跑去抱着晨晨并安抚，问询情况。

"我以前答应她考第一名，就让她养只小狗。现在连自己都养不起怎么养狗啊？不懂事！"容姐气愤地跺脚又踩死一只蟑螂。

晚饭过后，容姐和叶薇一起收拾厨房。

"你和苏凡……"

叶薇突然被问到，有些脸红："我们……就只是……普通朋友。"

"我无心打听别人隐私，只是出于好意，奉劝你不要对他投入太多感情。"

"他……怎么了？"叶薇一怔。

"我不了解这个人，只知道他从小地方来，是他们村第一个考到北京的高才生，有个妹妹要上大学，他得努力挣钱给妹妹攒学费。一起工作那么多年，所有的同事只知道这些，但只知道这些就够了。"容姐看着一脸茫然的叶薇笑了笑，"你这样在北京有房有家、没有后顾之忧的孩子自然体会不到，一个想要在这座城市生存甚至立足的人，他的本事和野心。"

叶薇愣了半天，才尴尬地笑笑："苏凡不是那样的人，他应该……不至于吧。"

"就当我多心吧。"

容姐走出厨房，叶薇一个人在水池前发呆，自来水宣泄式地喷涌着。

"丫太牛 X 了！"夏蕾这句响彻云霄的话，让高档西餐厅的空气瞬间凝固，隐约有乌鸦从头顶飘过，隔了两秒她意识到自己言行有失，"我是说，这御姐一看就是老江湖，说到点儿上了。"

"是容姐。"叶薇无奈地看着她。

"没钱、没车、没房、没背景、没出息，长得不帅也不高，从农村来还有一妹得供着，这也配叫暖男？！我呸！那苏平凡就一温吞水，你图他什么啊？！"夏蕾越说越气愤。

"是苏凡。"叶薇无奈地看着她。

"你也照照镜子，要长相没长相，要身材没身材，性格憋屈还脾气火暴，矫情作死还不会做饭，上升星座是处女座还是个 A 罩杯，男人还能图你什么啊？！"夏蕾说罢，餐厅里空气再次凝固，乌鸦从头顶飘回。

叶薇想掐死她的心蹿到了嗓子眼。夏蕾看叶薇真急眼了，立刻转移话题，接下来的一顿饭中，她一直在向叶薇讲述她的真命天子陈欧巴，他们于朋友聚会上相识，夏蕾的朋友让陈欧巴开车去接她，于是两人一见钟情。

陈欧巴是台湾富商的小儿子，留学归国后，来中国大陆拓展家族生意。由于夏蕾当时痴迷韩剧，据说陈欧巴帅气程度仅次于她挚爱的李敏镐，才得此昵称。情人节那天，他们一同参加聚会，面对面坐着，眼神含情脉脉，彼此却不言不语，只通过微信聊天已经天雷地火，陈欧巴的表白浪漫得感天动地又不失温暖。

"丘比特最贱了！这么晚才射箭把我和我的真命天子拴到一块儿。"夏蕾提到陈欧巴，每一句都甜腻得蘸了蜜，"以前你老说命中注定，我从来不信，但是遇到他我信了。眼神有电流，心脏扑通扑通跳，脑子里他成天跑东跑西，最关键的是第一次有想跟一个人结婚，甚至白头到老的念头。这就是传说中的真爱，命中注定，Destiny。"

叶薇第一次从夏蕾的眼中看到了对于爱情的期许，但是随即被夏蕾大唱《来自星星的你》的主题曲 My Destiny 而打破氛围，餐厅空气凝固得无法解冻，乌鸦在头顶飘来飘去。

结账后，夏蕾突然问道："萧林风的女朋友是不是瘦瘦高高、波涛汹涌的？"说着她用手在胸前比画出形状。

"瘦是瘦，高倒不高，不过波涛的确巨汹涌，简直就是海啸。干吗突然问这个？"

"那天在夜店看见萧林风带一女的去玩，两人还在台上贴身热舞，玩到挺晚两人一块儿走的。萧林风那小兔崽子，还那色逼德行，老娘一眼就认出来了！当时他怎么会看上你个 A 罩杯啊？"夏蕾看向叶薇一马平川的胸前，叶薇掐住夏蕾脖子，攒够了怒火终于开炮跟她干架死磕。

"听说你之前失恋了。"

"如果难过我可以陪你聊聊啊。"

"再怎样也不能用这山炮闷葫芦填补空虚寂寞冷啊！"

萧林风依然不停给叶薇发短信，叶薇依然自动屏蔽他的骚扰。安静的午休时间，办公桌上手机不停振动，叶薇不耐烦地将它调成静音，猛然抬头，瞥见斜前方的苏凡正凝望她微笑。容姐和夏蕾的话在耳边立体声环绕，她尴尬地回敬微笑，匆忙拿起水杯去休息间冲咖啡。

"在听什么？"不知何时，苏凡也来到休息间，坐在叶薇旁边，拿过叶薇塞着的一只耳机，"《知足》，看来你的确很喜欢五月天啊。"

苏凡闭着眼睛沉浸在音乐里，他的脸贴得很近，近到叶薇可以观察到他那张平凡的大众脸上，那双单眼皮小眼睛上，有着长长的睫毛。

歌曲尾声结束，苏凡突然睁开眼睛，与叶薇对视了一秒，两人又尴尬地看向反方向。

"你没有收到我的微信吗？"苏凡打破沉默。

叶薇连忙掏出手机查看："调成静音了，没发现。"

"所以，你愿意吗？共进晚餐？"苏凡小心试探着。

容姐和夏蕾的话再次在耳边立体声环绕，但叶薇抬眼看见苏凡期待的眼神和长长的睫毛，还是笑着答应了。

"那我在楼前广场等你。"苏凡像个孩子一样傻笑着，"不见不散！"

下班时分，叶薇走出大厦，寻到在广场等待的苏凡，正准备走过去，却发现有一个女孩拉着行李箱来到苏凡面前。苏凡看到女孩大为震惊，女孩哽咽着对苏凡说些什么，随后大哭着紧紧抱着他，苏凡也轻轻抱着、温柔安抚着她。苏凡帮女孩拉着行李箱，搂着女孩去街边打车。他们走开的瞬间，叶薇被挡住的视线中，才出现靠在跑车旁直视他们和她的萧林风。

苏凡和女孩走后，萧林风走向叶薇，拉着她的手，被她狠狠甩开并转身走向公交车站。叶薇在路边走着，萧林风就开着他的敞篷跑车在路边慢速同步跟着。

这样走了一段路，萧林风突然下车，把叶薇抱起扛在肩上，不顾叶薇的挣扎捶打，扔到跑车座位上，并开起车上了高速路。

"你疯了吧！"叶薇在风中凌乱怒吼着。

萧林风没有回应，而是把敞篷合上，换掉CD，打开音响，音乐前奏一开始，叶薇就安静了。整个车厢如封闭的小型剧场，音响中传来的歌曲是《知足》，但唱歌的人不是五月天，而是跑调音痴萧林风。

"大学时候，哥们儿弄一录音棚，帮我录了《知足》和《如烟》。

我也不知道为什么当时就想录这两首歌，只记得你很喜欢五月天，制作好了想送给你当生日礼物。后来才知道，你那时候已经有男朋友了。当时特难过，每晚都买醉，又去录了《我爱的人》《独家记忆》《我想大声告诉你》这三首。虽然过了很多年，虽然我们分别遇见了不同的人，经历了不同的人生，虽然我们不可能再回到过去，但是在我青春的专辑里，你永远是最深情、最动人的那首歌。"萧林风开车将叶薇送到她家楼下，把这张代表青春、全部跑调、保存完好的 CD 送给叶薇，"你是个好姑娘，值得更好的人来疼爱。我不配，那小子也不配。"

有的人一见钟情，有的人遍地留情，然而你却无法论证哪种人更多情、哪种人更痴情、哪种人更无情。

回到家，容姐说苏凡联系不上叶薇很着急，后来打给容姐问叶薇有没有出事。

叶薇掏出手机，有十几通未接来电和几十条微信："调成静音了，没发现。"

"那个女孩，跟你长得很像。"容姐看出端倪，"今天下班时，和苏凡走的那个女孩，你也看见了，真的很像。"后来叶薇得知，那个女孩就是苏凡暗恋十几年的人。

隔天晚饭时间，容姐与叶薇相约于一家日式小馆，容姐与老板相识多年，算是常客。

叶薇到的时候，晨晨已经吃过一碗鳗鱼饭，在一旁安静处写作业。

容姐找到新住处，不久之后便会带着晨晨搬走，这顿饭作为答谢。她生吞一只小的活章鱼，为叶薇斟酒，二人推杯换盏。

叶薇旁边的大袋子一直不停跳动，她偷偷拉开拉链，一只刚出生不久的幼小泰迪犬探出头，张望这个崭新又陌生的大千世界。

回家的路上，晨晨一直爱不释手地抱着小泰迪。突然狗狗蹿出怀中，跑到马路中央，晨晨为了去抓它也跑了过去。这时一辆汽车急速驶来，容姐奋不顾身地飞奔过去把晨晨抱在怀里，晨晨把小泰迪抱在怀中。汽车急刹车，贴着容姐的身体立住。

生死一线，绝处逢生，人的勇气往往超乎想象。

国家保护人民，父母保护孩子，爱人保护爱人，自己也保护自己。藏匿的人保护秘密，卑微的人保护梦想，痴情的人保护爱情，一无所有的人保护他们能抓住却拥有不了的一切。

保护，是世界上最本能的武器，它赐予人坚强和最强大的力量。

所有因想要保护而生成坚强的茧，都源自深植内心的爱。

公司的慈善晚会如期而至，韩依依虽因担忧手伤影响婚礼而请了许久病假，但全公司上下努力打造的盛典，都只是为公主加冕做烘托。

晚会现场，群星璀璨，堪比时尚界的春晚。所有的工作人员身着公司统一配备的正装，容姐特意为叶薇仅有的一双黑色高跟鞋打了蜡。叶薇一步三拐地在后台忙东跑西、打杂碎催。

纪念在红毯一端迎来送往每位贵宾，红毯环节接近尾声时，重量级嘉宾悉数登场，叶薇被叫到红毯旁边的媒体及粉丝位置维持秩序。媒体闪光灯狂闪频率到达峰值时，是最当红的人气偶像江楠亮相红毯。拥挤推搡之下，叶薇被骚动人群推倒在地，恰好摔在江楠步前的红毯上，众人皆惊愕。

叶薇想自己爬起来，只见一只鞋跟干脆利落地自残折断，便又在红毯上来了个滑稽默剧般的人仰马翻，人群中发出了看卓别林电影才有的笑声。红毯接待处的纪念，及随后压轴出场的集团董事长韩志诚与韩依依，也被这一幕逗乐。

全场只有叶薇一人，觉得这并不是件好笑的事，她甚至不想再翻腾着站起来，而是刨个地洞钻进去。除了她，还有一个人没有嘲笑，那就是绅士地蹲下把她搀扶起来的江楠，他在把叶薇扶起后优雅地冲她微笑，眼神里满是安慰的柔情。

媒体的闪光灯仿佛顷刻间的电闪雷鸣，把整座黑暗的夜空点亮，甚至连透彻星空之外，最远处的绵绵山脉都被照亮了轮廓。晚会本身只是包装着慈善外衣的娱乐圈幌子，然而连时尚在此刻都不再是焦点，红毯之上这幕意外插曲，必将轻松抢占头条。

晚会落幕后，叶薇一瘸一拐地收拾完会场，穿着断了跟的高跟鞋游走在街边打不着车。韩依依的车驶过，嘲笑一番后离去。纪念的车驶过，嘲笑一番后也准备离去。

一辆在附近兜了好几圈的黑色跑车，不知何时停在纪念的车后，戴着黑色棒球帽、黑色口罩的黑衣人下车，还没等叶薇反应过来便把她扶上车，以迅雷不及掩耳之势飞速开走，将傻眼的纪念和刚刚走出会场的容姐与苏凡晾晒在风中。

车上音响播放着一首老歌：《我站在全世界的屋顶》。

我站在全世界的屋顶，

觉得人与人的了解并不是必需。

酒瓶装的也许是自己，

也许自己才能创造奇迹。

夜幕下的北京有一种陌生的亲切感，每一条街道都灯火辉煌，不夜城的迷离光影让人产生恍如隔世的幻觉。而叶薇身边开着车的黑衣人，摘下口罩，反而有种亲切的陌生感。

他是黑夜中最闪亮的那颗星，他是叶薇生命中最遥不可及的那段感情；他是喂食校园里流浪猫的大男孩，他是解救叶薇于尴尬无助之中的明星江楠。

江楠将车开进大学，他和叶薇如大学时一样，偷偷爬上教学楼的屋顶，仰望满天繁星。

"帝国大厦、台北101，我爬上过世界各地很多屋顶，见识了很多绚丽的星空。全世界都被踩在脚下，星星好像伸手可及。"过了很久，江楠开口划破沉默，"星星比拥抱还近，但你就是抓不住、摸不着。星星应该也很寂寞吧。"

江楠仰望星空，叶薇仰望江楠瘦削苍白的脸庞。

"高处不胜寒。"叶薇道，"人不应该独上高楼的，望尽繁星和天涯路，都只会徒增伤感。"

"大学时我们系我们这届一共79人，有77人是星二代或富二代，另外两个，一个大二时退学了，还有一个没钱、没关系、没背景地考进来，成为79人中最有名的，这个人就是我。你说得没错，我曾经被一个四十多岁的老富婆包养，我刚入行时拍的几部电影，都是她投资的。我不是 GAY，但我老板是双性恋，这年头的老板都喜欢玩弄几个男宠。还有你那个闺蜜，忘了她叫什么，是她勾引我，先介绍我去她的剧组拍戏，然后半夜进入我的房间。你说的这些都没错，只有一点，我跟你在一起不是为自己做掩护，而是真心实意地喜欢过你。"

叶薇被戳中笑点："不知该气愤还是欢呼雀跃，总之谢谢你，被大明星喜欢过也算是我人生闪光点了。"

"我是你人生的污点才对。你的闪光点，是你回应权威时的不留余地，是你吵架时的咄咄逼人，是你把踩了狗屎的鞋扔向你厌恶的人，是你的反叛精神、你的无所畏惧，是你的不低头、不妥协、不跟世界同流合污。因为这些，都是我想做而做不到的。所以我看到你低着头来向我道歉，才觉得心痛，觉得我寄存在世间的希望都崩塌了。"

一瞬，叶薇的笑点变成泪点，只双眼蒙眬地呆看着他。

"对不起。"江楠深吸了口气，转身面向叶薇，"我讲过太多'我爱你'，差点忘了怎么说'对不起'。叶薇，对不起。"

"对不起，对不起，对不起。"叶薇泪腺决堤，只是连声道歉。江楠将她搂入怀中，也连声道歉。

天空忽然飘起丝丝细雨，无处躲雨的他们将眼泪混入雨中。

> 我站在全世界的屋顶，
> 只怕全世界同时都下雨。

我站在全世界的屋顶，

一种无处躲雨的心情，

一种失去你的心情。

"没关系"不是"对不起"的唯一回答，还有一种回答可能是"对不起"。

所有的"我爱你"都有可能掺杂着假意，但是最难开口的"对不起"一定出自真心。

即使是一拍两散的告别，一笑仍可泯恩仇。在无处躲雨的屋顶，有人陪你一起淋雨，有人与你相拥而泣，也可宽慰些许凄清人生中的冷暖自知。

次日清晨，叶薇被手机震醒，打开手机看到从未联系过的老同学发给她的链接。往往活出喜剧效果的人，他的人生都注定是个悲剧。网络上疯狂转载晚会上叶薇滑稽的红毯摔跤，及江楠如王子般拯救女丑角的视频。

外屋传来容姐收拾行李的动静，这个周末她将带着女儿搬到新家，据说条件不错，但是容姐死活不让叶薇帮忙将东西运到新家，只将叶薇借给她的积蓄如数奉还，并余了些作为答谢。

叶薇将容姐送走后，回到空荡荡的房间，手机在一旁震动个不停，鸟儿飞到窗台上啄着玻璃，嫩叶倔强地冲破阻碍，拥抱这个肮脏的世界。叶薇眼看窗外的一切恢复生机，相互陪伴着度过最难挨冬天的朋友，生活也逐渐好转。

北京的春天是短暂而不讨喜的，有令人迷茫的沙尘暴，有让人过敏的飘散柳絮。即便如此，春天仍被风干，被画上图腾，成为符号化的信仰，人们还是觊觎着春风吹来希望，带走悲伤。叶薇在此刻，也双手合十，迷信着天时地利的转机。

周末过后，叶薇照常上班，一路上总有人对她指手画脚，投来异样目光。她不予理会，只是把外套领子拉高了向前走。

"你就是叶薇？"公司楼下，一名陌生女子挡住叶薇前路，突兀地问。

"嗯……"没等叶薇答完，一桶红色油漆在空中划出完美弧线，把叶薇从头到脚泼成了天线宝宝。还来不及反应，另一桶黑色油漆彻底把叶薇浇蒙了，周围的人们迅速围观这次行为艺术。

陌生女粉丝破口大骂，骂完将一本杂志甩到叶薇脸上，甩手而去。叶薇揭下黏在脸上的杂志，发现正是她所在的《新浪潮》，封面上赫然刊登："江楠与前女友相逢红毯，相约大学，混乱情史独家曝光！"

叶薇顶着一身红黑油漆，顾不得旁人眼光，顾不得保安和容姐等人阻拦，径直冲向纪念办公室，踹门而入。

纪念正悠然地跷着二郎腿，满脸笑意地整理着一条包装精致的紫色斜纹领带，见有人闯入，立马将东西收到办公桌抽屉里。叶薇以惊世骇俗的造型亮相，怒不可遏地将那本滴着油漆的杂志，砸向纪念。

纪念有一秒是愣住的，但仅一秒之后，她再次微笑着捡起杂志，瞥了一眼："有什么问题吗？"

"你为什么要毁了江楠？！"看不清叶薇狰狞的表情，却从她浩克般咆哮的语气中，感受到了尔康的鼻孔。

纪念轻蔑地笑道："明明是你亲手毁了他的，难道你忘了吗？"纪念犀利的眼神灼伤了叶薇。

"我是说过，我也道过歉，可那些细节是那天……"叶薇若有所思，"你跟踪我？"

纪念看着自己的美甲："我可没那闲工夫。"

叶薇冲上前，指着杂志："这篇报道挂的是你的名儿！"

轰的一声巨响，叶薇如一只不受控的老虎，生猛地捶着桌子："到底是谁？！"

纪念也被吓得哑口无言。叶薇甩起胳膊，正准备抡圆了抽向纪念。

"苏凡！"后方传来一声脆语，容姐不紧不慢地说，"是苏凡报道的。"

叶薇的巴掌悬在半空中静止，她再次发力，抡圆了抽向纪念。

纪念闭上眼睛，呼吸也不自觉屏住。抽在她白皙肌肤上的，是三滴油漆，像是中了剧毒的鲜血一般的油漆。

"我不干了！"叶薇留下这句话和三滴油漆，转身走人。容姐跟了出去，徒留纪念一个人在办公室，人群散去之后她才慢慢睁开双眼。她脸颊一侧的油漆，滚烫如开水，热辣如一记耳光。而她身后的百叶窗外，是这座城市永不停息的车水马龙。

繁华，点燃一些，也埋没一些。

　　我们都想往高处爬，想有钱、有权、有地位，想攀上人生巅峰，想站在全世界最高的屋顶，接受来自世人的仰望膜拜。

　　攀爬的过程似乎无人问津，无论是牺牲自己的肉体、灵魂和尊严，还是踩着别人的头顶当垫脚，抑或是把别人踹下万丈深渊，以实现自身的弹跳飞跃。过程不重要的原因，是你永远无法预知结果。

　　人不应该独上高楼的，因为高处不胜寒，因为望尽繁星和天涯路，都只会徒增伤感，也因为当你真正站在全世界的屋顶，便再也无处可为你遮风挡雨。

缓过神儿来，叶薇已坐在开往晓静、阿杰和沈澈三人老家的火车上。一路轰鸣，驶向未知，前路只是命运大驾光临的预告片。

沿途的那些风景，那些悬浮着的云朵烟雾，那些斑斓着的婆娑树影，那些从树叶间隙渗透滴落的柔软阳光，那些哥特式建筑剥落散发的历史痕迹与气息，那些火车道旁沉默矗立的无名墓碑陵园，那些大片的绿、大片的蓝和大片的阴影。

出逃一座城市，最大的意义便是抽离自己，沉淀下来，静静思考关于你，关于我，关于他或她或它，关于爱或恨或冷漠，关于那些被我们忽略的细枝末节。

叶薇的巴掌抡圆了抽向纪念。

纪念闭上眼睛，抽在她白皙肌肤上的，是三滴油漆。

"我不干了！"叶薇留下这句话和三滴油漆，转身走人。容姐跟了出去，徒留纪念一个人在办公室。

叶薇跑到电梯处，容姐追赶过来欲语。电梯门猛然打开，电梯内外的人面面相觑。里面的人呆看着一身红黑油漆的叶薇，叶薇也呆看着面前一脸诧异的苏凡。隔了几秒电梯门再次关闭，彼此才反应过来。

叶薇跑去走楼梯，苏凡从电梯门里冲出来，想追过去，却被容姐挡住。

容姐陪着叶薇到附近公园的草坪，在浇灌的水管喷射下，在水花阳光春容下，在人们诧异嘲笑围观中，叶薇肆意旋转释放。

油漆泼在身上终究是可以冲洗干净的，但是流言蜚语一旦缠身，便是污秽向你宣判了无期徒刑。

叶薇在归家途中，收到容姐的短信，说纪念批准叶薇休年假，并再三奉劝她不要辞职。她刚要回过电话，理论一番，表示决心，恰巧此时接到另一通陌生电话，手机无知无觉从空中跌落。

阿杰去世，晓静流产，生命危在旦夕。

叶薇马不停蹄地赶往医院，晓静刚从抢救室被转移到ICU（重症监护室），并未脱离危险期。晓静的父母正从老家赶过来，丈夫消失无影。

据医生所说，叶薇是晓静近几个月内，手机通话中联系最多也是唯一联系过的友人，但她们也只是打过屈指可数的两三通而已。叶薇是晓静在与阿杰分开后唯一的朋友，但她们却只是如此疏远的相识，想到这里，叶薇不禁心疼心酸，同时心存愧疚。

叶薇无心顾虑工作与恩怨，在生死面前，是是非非都像巨大未缝合的伤口旁边那些无关痛痒的倒刺。

抢救之后，叶薇一直守候在晓静病床边。ICU 每天可供家属探望的时间只有短短一两个小时，不能进入病房的留白，门口的座椅便成了她的驻扎营地，她生怕漏掉了晓静醒来的消息。

昏迷了一天一夜，晓静渐渐苏醒，父母也匆匆赶到。

醒来后，晓静用干裂嘴唇开口说的第一句话便是："阿杰呢？"

安慰，哄骗，欺瞒，善意的谎言。父母及叶薇穷尽其辞，却拗不过她，病怏怏的身躯不知从何处产生巨大能量，如石缝中的娇芽冲破所有阻碍。她甚至不闻不问自己肚子里，那已经成形却无缘见世界一眼的孩子，只一味偏执要去见阿杰。

偏执，有时候是因为太过深情。

当晓静被半扶半拖着来到停尸间时，瞬间没了之前大闹的歇斯底里，绷紧得异常镇静。骨瘦如柴的她，已不具备独立行走的支撑力，却自己硬扶着架子，走向阿杰。

十秒，或者一分钟，晓静看着阿杰发呆。然后顷刻，瘫倒在地，抽搐着，狰狞着，号啕大哭，没有眼泪，没有声音。

叶薇他们赶忙上前搀扶她，这才看清，阿杰浑身苍白，映衬出他左胸口的刺青格外显眼——阿杰的心里和心上，都铭刻着晓静的名字。

　　见过太多把心爱之人的名字文在身上，也听过太多凄美故事。约翰·尼德普手臂上的刺青，由 Winona Forever（永远的薇诺娜）变成 Wino Forever（永远的酒）。谢霆锋和王菲在腰部的太阳火焰情侣文身，张柏芝为谢霆锋在右脚小腿所文的 CCN（Cecilia Cheung 为张柏芝英文名、Nicolas 为谢霆锋英文名）。

　　很多时候，爱的时候轰轰烈烈，比你侬我侬还死去活来，分开之后依旧各自逍遥快活。文身的速度永远赶不上遇见真爱的频率。

　　人世无常，聚散终有期限，但真爱在爱的当下便是真心实意，即使分开也无法磨灭曾经爱过的证据。

　　阿杰爱晓静，此生此世，直至他生命的尽头都没有终结。

　　晓静的父亲是政府官员，母亲是大学教授。而阿杰在两岁时，他父亲就抛下阿杰母子俩远走高飞，他的所有记忆中，都不存在父亲这个角色设定，只有母亲靠流动早餐摊和卖包子，独自把他拉扯大。

　　晓静大学毕业后，阿杰来北京找她，两人租了简陋合租房里阴面最小的一间。晓静大三时已经在外企实习，而阿杰刚到北京落脚，人生地不熟又没高学历，找工作到处碰壁，只能去打打杂工，连房租都是晓静交的。晓静也托人帮他介绍工作，但职位并不理想。大男子主义的他，多数拒绝，也觉得自己窝囊，每天不再耍贫嘴，常常喝闷酒。

　　突然某一天，阿杰兴冲冲回家，拉着晓静去路边吃烤串，吃完喝美的两人还在沉醉夏风中徜徉。

阿杰一脸得意："以后每天晚上我都带你来撸串。"

两人在床上一番腻歪后，阿杰从包里搬出一摞崭新的人民币，全部都交给晓静。晓静一再追问，阿杰只说自己重操旧业，比赛飙车，并帮别人组装赛车。晓静深知阿杰性格，没有询问更多，只说：你自己当心。

晓静怕猫，可那段时间出租房附近野猫出奇地多，每到夜里猫叫春的声音此起彼伏，比人叫唤的还不堪入耳，不得安宁。一次晓静上班，出了楼门口，被一群野猫围困住，欲突围却被几只野猫抓伤，进了医院，险些毁容。

此事不久之后，晓静接到电话，让她去公安局。鼻青脸肿的阿杰被手铐锁着，像个犯错的孩子不敢抬头直视晓静。犯错的原因，她能猜测得八九不离十。

阿杰为人做打手，老大觉得他大有前途，让他加入帮会，他只想挣钱，并无心入黑道。一而再再而三的拒绝，惹来的是道上的人以晓静作为砝码相威胁，而这正是阿杰致命的死穴。别说将晓静弄伤毁容住院，即使任何人碰她一根汗毛，也足够阿杰抓狂发疯。

照顾晓静出院后，阿杰第一时间找到并暴揍将野猫散布附近的人。原本也是打手的那人，竟扛不住几下痛扁，险些残废，还报警要求赔偿。

生活拮据的两人，手里存款根本负担不起赔偿金额，为了不让阿杰坐牢，晓静瞒着阿杰，硬着头皮管她父母借了十几万。

比黑社会更可怕的，是男人的尊严。而比尊严更可怕的，是穷途末路的现实。

保释出狱的阿杰向晓静发誓，定会改邪归正，不再误入歧途。

两人过了一段宁静的日子，可黄昏再温暖也潜伏着岌岌可危的天黑，似如临大敌或人之将死前的安稳，都埋藏着不安的预感。

一段时间之后，阿杰迎来了晓静母亲打着飞机的到来。

"晓静，还没下班。"在廉价合租房中，没有咖啡也没有茶叶，阿杰为长辈奉上热水。

"我知道，我就是专程来找你的。"从进门，静妈未曾正眼看过阿杰，只是环顾着这间陋室，"开门见山，你和晓静不可能，给你一周时间跟她分手。"

阿杰被这不按常理出牌的做法直接吓尿了，强装镇定到舌头也打了卷："阿……阿姨……我……"

"一周时间不够？那就一个月，不能再拖了。"

阿杰低下头沉默许久。

"我和晓静是真心相爱的，从初中到现在，十一年了。"

静妈轻蔑一笑："呵，十一年？我养了她二十三年了！真心相爱？你拿什么来爱她？打人？坐牢？黑社会？大专学历？还是你妈的包子和早餐摊啊？晓静从小娇生惯养，住惯了豪宅，我们不是为了让她跟你挤在这间破屋子过苦日子的！之前的十几万当作是捐助，你不用还了，但你们必须分手，彻底分手！"

"阿姨，我向你保证，我会努力，我会拼命，我会给晓静一个衣食无忧的美好未来！"

静妈再次轻蔑一笑："呵，衣食无忧？衣来伸手，饭来张口，这是她从出生以后最基础的生活设定。晓静的生活标配就是上流社会，是因为跟你在一起，才把她从天堂拉下地狱。难道你所谓的未来，就是让她跟着你在水深火热里煎熬吗？孩子，在现实面前，爱情就是这杯热水。"说着她把桌上的热水推向地面，杯子碎了一地，水洒在地上还升腾着热气，"再滚烫，被推出去，水留不住，连杯子都摔得粉碎。爱情的结局与温度无关，与承载它的容器有关。你不是江河，只是个杯具而已。"

静妈走后不久，晓静下班回家，全然不知情。阿杰没有多说，只是紧紧抱着晓静不放手，他不舍得放手。

期限将至，这一个月时间内，阿杰迟迟无从了断。他始终处于紧紧抱着不舍放手的状态，越要失去越害怕失去。放手深爱之人，就像亲手拿刀将自己的胸膛解剖开，还要将跳动的心脏切割出来。

有些人，可以为了爱情生，可以为了爱情死，但现实偏偏让他的爱情被折磨得生不如死。

这种切肤剜肉的状态，直至阿杰母亲来北京。这是他母亲第一次来北京，第二次便是阿杰死的时候。

也是在晓静上班的时候，阿杰和母亲面对面坐着，杰妈说着小摊买卖不好做，最近在老地方总要跟城管打游击，她腿脚不好，被逮着两次。她说着晓静母亲去找过她。杰妈从包里夹层拿出几叠用厚厚报纸裹着的钱，递给阿杰，说这是她这些年的存款，让阿杰还给晓静父母，阿杰死活不要，他不能要。

杰妈把钱一再硬塞给阿杰，求他跟晓静分手，阿杰说自己不舍。

杰妈哭着跪了下来，阿杰也哭着跪下来，这世界上最沉重的眼泪和膝盖，他承受不起。

为了省掉住宿费，杰妈买了当天夜里的火车硬座票，连夜回家。阿杰偷偷把那笔钱塞回杰妈包里。

那天晚上，阿杰冷静地对晓静提出分手。晓静没当真。

隔天晚上，阿杰彻夜未归。晓静打了一宿阿杰手机都是关机。

第三天，阿杰带了一个妞儿回家，再次对晓静提分手。晓静不相信。

第四天，阿杰加入了老大的帮会，从老大那预支了二十万，让晓静还给她父母。

一周内，阿杰每天带不同的妞儿回家，并在晓静面前跟这些女人上床。

一周内，每时每刻，晓静浮肿的双眼中不断流着泪水，视线已经模糊不清。

晓静反复追问原因，阿杰说，累了，让她滚。

最后的最后，晓静还是死皮赖脸地不肯离开。

"你不走？好，那我走。"阿杰撂下这句后，简单收拾了行李，头也不回地走掉，一去不复返。

没过多久，阿杰跟着帮会南下做生意，一年多之后才回到北京。

分手后，晓静大病一场，久久不愈，辞职回到老家休养。一年之后，父母介绍她认识了后来的丈夫，丈夫父母是当地有权有势有背景的大户。

死了心的人，只是行尸走肉，并无心也无力再爱，连认识他人都只是虚空。可恰逢晓静父亲因贪污受贿被查，当时的查处还并不严格，丈夫的父亲轻而易举将事情摆平。为了报答，也为了有靠山，晓静的躯壳被父母遥控着与那人交往，四个月后，在北京大办结婚宴席。

在离开北京的火车上，叶薇旁边坐着回老家的晓静。沿途的那些风景，掺杂着晓静对叶薇诉说的回忆，在乍暖还寒的时节，杂糅成巨大无形的苍凉。

我们总希望看到王子公主幸福快乐地生活在一起，有情人都能苦尽甘来、终成眷属，可是现实往往在屏幕上打下几个字："他和她此生不复相见"，命中注定从此与他们无关。

出逃一座城市，除了抽离自己，还是奔赴命运。

火车承载着无数过客的生命，那些擦肩而过的匆匆过客，那些人山人海中默然的脸庞，那些过客中的归人、旅人、逃亡人，不乏某个人生命中最难以割舍的毛发、肌肤、血肉、基因、灵魂。

我们乘坐不同列车，驶向未知的命运，也驶向各自的不幸。

　　晓静回到她最不愿意回去的地方，阿杰回到他最日思夜想的地方，因为火车停驻的这一站，是他们美好回忆的所在。

　　只可惜，这一站并不是终点站，他们也并不是坐同一班车。

　　而叶薇来到一个她曾经最想探寻的地方，她曾憧憬着去沈澈上过的小学、初中、高中看一看，她想重走沈澈走过的每一条大街小巷，她想抚摸沈澈打闹过的每一面蜿蜒着爬山虎的老旧墙壁，她甚至想去拜访已经详尽了解却互不相识的沈澈父母。而如今她千真万确地来到这里，却成了只觉尴尬的地方，但伤痛可以打消一切胡思乱想，当务之急是为阿杰安顿后事。

　　她们来到阿杰家里，却被阿杰母亲驱赶出去，阿杰母亲不让她

们插手半分。杰妈心里认定了，是晓静害死自己唯一的儿子。晓静
每天早出晚归去守候，每天被拒之门外，本已皮包骨头的她更日渐
憔悴。

最累的不是马不停蹄，而是走出自己的世界后永远要保持微
笑，还要安慰每个过来安慰的人："我没事。"笑容也是求救声，
用来掩饰尴尬、无助、不善言辞。

葬礼办得并不算风光，虽然阿杰生前留给母亲一大笔钱，但
非喜事，也未有太多可铺张之处。穷惯了的人，只有些穷亲戚，
和寥寥几个阿杰的发小出席。悲痛的场面因凄清愈发渲染上一层
冷色调。

就在大家毫无眼泪地号啕大哭之时，只见身穿一袭白色婚纱的
女子，庄严肃穆缓缓而来。

晓静和阿杰，在婚礼之后，除了那次在咖啡馆未见面的诀别，
两人再无交集。

梦想有时候像是沙漠里的海市蜃楼，但是如果不去追赶，你永
远不会知道那里是否存在绿洲。

诀别之后，阿杰心里却燃起一股绝望的火焰，在一望无垠的沙
漠中，灼烧着、驱赶着他必须向前奔跑，跑向一个可以保护他心爱
之人的绿洲。

了不起的盖茨比，他的美国梦最终依然幻灭；了不起的中国人，
你怎么知道这些人的中国梦，是幻觉而不是梦想呢？

阿杰再次南下，尝试了他一直拒绝去做的范畴——毒品。他知

道这是一条不归路，知道即使被南墙撞得头破血流，也不能再回头了，但他孤注一掷，必须硬着头皮走下去。为了钱，为了晓静，为了母亲，为了在北京能买得起房子而不用去住廉价合租屋。居有定所，头顶有瓦，屋里有床，床上有心爱之人，这只是一个普通人最简单的期望，但在这座城市显然只是奢望。

数月之后，阿杰回到北京，带着足够在北京三环内买一套120平方米的房子，外加给母亲留足养老的资金。归来的他，已经不再是从前的他。

他买了公寓，买了跑车，寄回老家一大笔钱，不再联系任何人，终日匿身豪宅，只是经常拿相机拍拍窗外风景，或者望着窗外发呆，有时一看就是一整天。

有一次他去超市，却无心购物，他透过玻璃发现有人在跟踪。他不管不顾，仍然继续逛。直到那人突然袭击，在拐角处拿着刀直刺过来，但刺的方向却是他前面不远处的孕妇——晓静。

幸好阿杰反应机警，及时保护着晓静躲开，但刀子还是割破他的胳膊。歹徒挥刀乱舞，被阿杰赤手空拳，三下五除二给打倒在地。

晓静的公公是老家政府高层领导，比她父亲的官职高许多，不久前也因贪污被抓，可是被抓的时间段正是严打严查之时，因贪污受贿严重，不仅自己后半辈子要尝牢狱之苦，连带亲朋也遭了殃。晓静丈夫的公司便是最大利益受损者，其雄厚资源便是公公翻云覆雨的权力，如今树倒猢狲散，股东们纷纷撤资，股价直线下跌，连带着与其合作的很多小企业都破产倒闭。这名企图绑架晓静的刺客，便是其中一个受害企业的掌门人。

警方立即赶来将歹徒缉拿归案，并让晓静与阿杰去公安局做笔录。在局里，晓静向警察要来纱布和药水，帮阿杰包扎伤口，就像初高中时，阿杰和人打完架，晓静一边责怪着一边包扎。只是现在没有了责怪。

从公安局出来，天色向晚，在昏黄的路灯下，在周围人来人往的人群中，他们面对面站着，低着头静默不语。阿杰刚想说些什么，晓静的丈夫开着奔驰在旁边停下，他瞟了阿杰一眼，并没有出来，示意晓静上车，送她先去医院检查。

晓静连谢谢都没来得及说，汽车便卷尘而去，尘土在灯光投射出的介质中形成一束静穆。他们之间是无须言谢的，爱过的人一旦说出"谢谢"二字，便是将感情一剑封喉。

阿杰望着汽车远去，直至尘埃落定，掉头准备回家，却发现拐角处躲着一双目光，被他察觉便立即消失。待他回到公寓，望向窗外，对面楼同一楼层同一位置，是温馨灯光中，晓静将刚做好的饭端上桌，丈夫坐下尝着她的手艺。

他拉上窗帘，开一盏台灯，倒在床上，翻身刚好压到伤口痛处，但他抚摸着伤口上的纱布，看向天花板，欣慰地微笑着。纱布和药是无法愈合伤口的，能够治愈痛苦的只有为他包扎的人。

阿杰跟随晓静，也隐隐总觉得有些人在跟踪他。

突然地，晓静有好久没出门，再出门时，戴着墨镜，把自己裹得像个粽子。晓静在超市挑水果时，无意中露出纤细的手腕，以及一块块斑驳的瘀青红肿。阿杰想要上前询问，又顾忌跟踪他的人。

"大姐，苹果熟了吗？"阿杰跟卖水果的大姐攀谈起来。

"这么红能没熟吗！"大姐开始滔滔不绝地推销。

"对啊，红得跟警车上那灯似的！"阿杰应和着。

阿杰买了几斤苹果，不再跟踪晓静，急匆匆往超市结账处走。结账后出了超市，跟踪他的人紧追不舍，阿杰也加快脚步离开超市范围，突然他飞奔起来。跟踪的人眼看跟丢了，也跑了起来，在一个拐角处被一堆红苹果绊倒，起来后阿杰已经消失不见。

阿杰跑回超市门口，却遍寻不到晓静，突然他看到一个红苹果，沿路顺着红苹果，终于找到在隐秘处等待他的晓静。

说者有意，听者有心，红苹果和这两句话是他们曾经的暗号。以前晓静家楼下常年有卖水果的摊子，晓静手机被没收的日子里，他们就通过这些暗号偶尔能偷偷见个面。

晓静："有急事吗？"

阿杰："我被跟踪。"

晓静："你也……"

还未及晓静讲完，阿杰一把抓起她双手，看到隐藏在大衣下面的是体无完肤的青紫伤痕。晓静即刻挣脱，不知所措。阿杰呆呆地看着她有几秒，温柔地摘下她的墨镜。

阿杰："那混蛋打的？"

晓静夺回眼镜又戴上："这是我的家事，不用你管。"

阿杰怕眼泪飙出来，不停地深吸着气，猛然逼近晓静面前，近到两个鼻子几乎贴上："不用我管？我怎么能不管！"

"你以后不要再跟踪我了，也不要再打搅我的生活。对我来说，你和那些跟踪我和你的人没有区别！"晓静说罢拿起东西要走，阿杰上前想帮她拎沉重的袋子，被她一把甩开，"别跟过来！"

他们像两条永不交会的平行线，因有了交点而打乱平衡。

他们各自回家。阿杰回家前还在晓静楼下蹲守了半天，回家后继续窥探对面楼的晓静，却未知晓在他背后，也一直有人在窥视。

之前阿杰看不到晓静被家暴的场面，是由于他们的卧室窗帘总是密不透光。那天晓静回到家，像往常一样先做饭。刚开始洗菜，她丈夫便提前归来，直冲进厨房，揪着她的头发拖到卧室拳打脚踢。怒气阻截大脑血液流通，让他忘记拉上窗帘。

在楼对面的阿杰比他更愤怒，只恨自己不会瞬间移动。他飞奔至晓静家，发疯般砸门。晓静丈夫开门，阿杰用比打所有架加起来还狠的力气，狂殴面前的衣冠禽兽，打得他血肉模糊。刚刚被打的晓静从里屋爬出来阻止，地板上拖着一条长长的血路。

阿杰见倒在血泊之中的晓静，即刻停下手把晓静抱在怀里，见她血流不止，一把抱起她跑去地库开车。下楼的每一秒，对阿杰来说都是煎熬，对晓静来说，却是结婚以后最渴求延长的期限。

晓静遇歹徒之后，丈夫送她到医院检查胎儿，医生说，她身体原本虚弱，又曾堕过胎，加上心绪低落，造成胎象不稳，孩子保住的可能性很低。

堕过胎，孩子难保，与旧恋人重逢，让生意本已失意而狂躁的丈夫，感情尊严尽失，每天回家借着酒劲，对晓静家暴性虐。当天晚上，丈夫提早回家，果然看到阿杰现身楼下，印证了两人有奸情的猜想，并且严重怀疑孩子是否是晓静给自己戴的绿帽子。

哪里有爱，不过是占有欲，是传宗接代的工具，是成功男人的标配，是只配跪着的性奴隶，是只要我有钱赚，只要你乖乖听话，大爷就不会让你和你家人饿肚子的高级宠物。

阿杰开着跑车飞驰前往医院，晓静大量出血已昏迷。十字路口，一辆无牌车横着驶来，从驾驶座方向把阿杰的车撞飞。车祸发生时，司机会本能地将方向盘向对自己有利的方向打，阿杰却下意识地打向反方向。

在生命岌岌可危之时，生物会出于本能自我保护，而高于本能的潜意识，就是爱。

无牌车的车主与跟踪阿杰的人是一伙的，皆因在南方倒卖毒品时分赃不均而起争议，追杀来北京。

被送去医院时，晓静已流产，阿杰已断气，晓静并不知。命运的手在世界边缘拉开一道门，稀薄的空气中噪音被喘息声淹没，那道门射进刺眼光束，让陷入黑夜的人们，不由自主地被光束吸引而走近。晓静很想踏入那道门，门后是光明也是未知，可是她走到门口还是没迈开步。她在两个世界都遍寻不到阿杰，他们拉着手却被旋涡冲散。她不怕未知，只怕美好的世界因没有爱人而沦为地狱。

晓静苏醒后不久，律师找到她，告知她阿杰生前全款购买的豪宅房主是晓静。

一直未现身的丈夫闻讯而来，提出与她离婚，晓静淡定地削着苹果，未拿眼看他。丈夫又要求晓静替阿杰赔偿他的医药费及精神损失费，晓静仍旧淡定地削着苹果，未拿眼看他。

丈夫见晓静默许，便得寸进尺，要求将阿杰留下的房子卖掉，离婚后分一半钱给他。连着的苹果皮断掉，晓静停下手，紧握着削苹果的刀，猛然抬头，用太阳中心2000万摄氏度的眼神狠狠盯着他，手里的刀一片一片地割着苹果。丈夫被眼神烧伤，低下头不再出声。

晓静将这一年的积蓄都还给这个男人，净身出户，干净磊落，唯一的要求就是离婚后不再联系。她像赎回卖身契的奴隶，重获自由后反被自由束缚，新鲜的空气竟让她无所适从。在北京这座城市待了七年，她却无处可栖身。

她拖着行李来到阿杰留下的房子，房子装饰简约温馨，每个角落都是她喜欢的风格。她走进阿杰的卧室，里面放着他一直窥视对面楼的望远镜。她透过望远镜看到，前夫带着女友在收拾行李，准备卖掉房子逃往国外，她离婚前便知道有这个女子存在。

她坐在阿杰曾经睡过的床上，抚摸着他抚摸过的柔软，像泄了气一般闭着眼倒头躺下。翻过身，睁开眼，刹那泪奔。天花板上，映入眼帘的是她侧脸的剪影——用照片拼成——晓静曾拍的照片，及阿杰偷拍她的照片。

苦海翻起爱恨，

在世间难逃避命运。

相亲竟不可接近，

或我应该相信是缘分。

爱不等于占有欲，也不是舍不得放不下忘不了，爱是不离不弃，爱是不忍心她伤心难过流眼泪，爱是经得起急景流年、平淡岁月的洗礼，爱是给不了幸福的时候忍痛割爱、放手让她走，爱是有坚定地牵着她的手走到地老天荒、海枯石烂的决心。

世界繁花似锦，哪有人会独爱一枝。偏偏有人，一生所爱，非她不可。鲜花虽会凋谢，但会再开亦只为一人。

身穿一袭白色婚纱的女子，庄严肃穆缓缓而来。她瘦削的身体穿越无数墓碑，如一具行走的骷髅，在寒风中瑟瑟发抖。大家惊恐地凝望她走近，她已全然剃度，却从未见过有女子削发之后，还美若天仙，倾国倾城，此人便是晓静。

琼瑶评价林青霞说："没有遇到过第二个可以和青霞媲美的女子。"叶薇曾以为，晓静便是她心中的林青霞，直到那一刻才恍悟，她不是林青霞，而是紫霞仙子。

那个说着"我的意中人是个盖世英雄，有一天他会踩着七色的云彩来娶我，我猜中了前头，可是我猜不着结局"，那个在至尊宝脚上留下三颗痣、心里留下一滴泪，那个生生世世守候她的盖世英雄踩着七彩祥云而来的紫霞仙子。

所有人都在等待命中注定的盖世英雄。可是，所谓命运，所谓天意，谁又能猜得中？

"生亦何欢，死亦何苦。"爱情从来都是现实的牺牲品。

晓静为阿杰的墓碑献上一束白色鲜花，杰妈歇斯底里地咒骂痛打她，众人亦无法阻止其哀怒。叶薇担心康复后并未痊愈的晓静，挡在她前面抱着她，替她挨打。

突然，她感受不到拳头的力量，回头才发现有人也像她保护晓静一样，挡在她前面，替她挨打。离得太近，让视线模糊，难以辨认。也因离得太近，她与他眉眼对视，嗅到他身上的体味。

叶薇的大脑停转，但心跳告诉她：沈澈回来了。

中药味苦，安眠药在嘴里含一会儿也会变苦，所有治疗失眠的药方中，最苦的还是想念，想念一个不会再回来的人。

除了生死，所有你失去的都不能算拥有。

曾经的叶薇和现在的晓静对此都深有体会。喝中药调理身体，吃安眠药强迫自己改掉神经衰弱、以泪洗面的作息，那些苦涩一股脑儿倾倒下咽，却仍淹没不了想念的洪水猛兽。

阿杰葬礼的当天晚上，久久绷紧的弦终于轰然断开，众弦齐奏回归万籁俱静。叶薇安慰着晓静入眠后，因太过疲惫而陷入深度睡眠。

天未亮就醒来，身边缺空出位置。迷蒙光线中，叶薇在晓静家中摸索着寻找这个需要人担忧的女子，四下竟遍寻不到。叶薇和晓静父母出门分头去找失踪的她，慌张而毫无头绪的叶薇犹豫着，还是拨打了沈澈的电话。

沈澈匆匆赶来，带叶薇来到海边，只见一位女子正站在退潮的海滩里，往深海方向行进。叶薇和沈澈连忙狂奔过去，把晓静从海中抱回岸边。晓静拼命挣扎着，执意折返。

黑暗的海，如深渊，如地狱，如黑洞，蕴含着巨大无形的未知，让人畏惧，也成为灵魂的最终归宿。

晓静说，阿杰来找过她，她求阿杰带她走，别丢下她。阿杰只说让她留在海滩等太阳升起，然后头也不回地冲向海里，被海水淹没。晓静往深海里跑，想要拉住他，想要随他去，却徒有追不上他踪影的无力感。

叶薇抱着崩溃的晓静，整片海滩只有她们两人相依偎，连浪花都丢兵弃甲，仓皇而逃。

太阳从海平面汹涌而出，把海水烧成沸腾的绯红色。在艳红如血的背景映衬下，一个魁梧身影从海里远远走来，背后顶着巨大光晕。

"只要太阳会从这片海滩升起落下，阿杰对你的爱就不会变。"沈澈把从海里寻来的巨大贝壳交到晓静手上，"这是阿杰托我带给你的。"

回到家，阿杰妈妈已在等候，她拿来一个大编织袋。

"整理阿杰遗物时，以为是垃圾，差点扔了。"杰妈仍语气强硬，不肯直视晓静。

晓静把捧在怀里的贝壳放进同类当中，编织袋里面是他们1000天纪念日时的贝壳，但是数量比当时还要多几倍。

"这些都是我想你的日子，把它送给你。"

晓静与杰妈相拥而泣，杰妈并没有抗拒，而是用她粗糙皲裂的双手和为数不多的温柔轻拍着晓静。

深爱过的人，都会以另一种形式驻扎在我们的血液中。

爱恨情愁在时间面前，都只是浩瀚宇宙中的繁星。正是繁星点点精彩了我们的征途，让生命在荒漠、在巨浪、在人海、在石头森林之中发光发亮。繁星是旅人的珍珠。

就像夏天珍惜凉爽，冬天珍惜温暖，雾霾天中珍惜蓝天，彻夜失眠的夜晚珍惜安然入睡，永不再相见的人珍惜回忆。

那天，晓静没有吃安眠药，却睡得异常安稳。

次日清晨，叶薇与晓静及其家人告别，乘火车离开这座城市。

太过疲惫的她在火车上昏睡过去，醒来流着哈喇子的她，发现座位旁边竟换了人，沈澈满脸笑意。

叶薇之前能一字不差地背下沈澈所有微博的内容，他历任女朋友及那个暧昧女生的也能背下来一部分。然而肩并肩坐着，她竟然再也解读不出，为何那副最熟悉也最陌生的表情当中，能够完全不顾时过境迁，当一切都没发生。可能因为阿杰的事，让叶薇待人接物保有多一分宽容。她连一句疑问和脏话都说不出，反应过来时，火车已到站。

还没等叶薇伸手，沈澈就把她的行李搬下来，叶薇要抢过自己的箱子，却被沈澈简单粗暴地夺回，他拎起她和自己的行李径直往前走。

出了火车站，出租车已恭候多时，沈澈一如既往地将一切安排妥当。但叶薇再也不是那个活得毫不费力，只闭着眼睛、跟着沈澈后面走的叶薇。她将出租车后备厢打开，搬出自己的行李，在路边打车却打不着。

沈澈不紧不慢地笑看她的赌气行为，想把行李再搬上车，却被叶薇抽开手，她宁愿拉着箱子去坐地铁。沈澈没有跟过去，也没有像以前跟她争论计较，只是依然满脸优雅笑容看着她顽固远去的背影。

对于前任，最好的相处方式就是老死不相往来，此生不再相见，最坏的就是牵扯千丝万缕、斩不断理还乱的联系纠葛。叶薇深谙此理，虽不知沈澈此趟回国揣着什么幺蛾子，但她必须向前走，必须不回头，必须不辜负流过的泪和伤过的心，这是她反复在心里必须坚定的执念。

叶薇不再是从前那个活得毫不费力、只顾自尊、只懂赌气的叶薇，她还需要上班、挣钱、填饱肚子。

回到北京的第二天，她强装镇定来到公司复职，却未发现同事们有何异样眼光，正常恰是一种诡异的反常。

纪念不在，容姐不在，韩依依也不在。每一个人都在交头接耳、窃窃私语，风雨欲来的阵势呼之欲出。

"出什么事了？"安妮不知所情。

"公司要重新洗牌了。"佳佳神头鬼脸的。

"大换血倒不至于，但有人定是要遭殃了。"小菲微微一笑。

时钟倒回到前晚，纪念与萧林风、韩依依共进晚餐，推杯换盏，红酒下肚。桌下暗流涌动，一只高跟鞋在诱惑挑逗一条腿。

韩依依虽常年混迹于夜店，却不胜酒力，萧林风送她回家。一个小时后，韩依依接到一通匿名电话，她立即赶到电话所说的地址。在一间公寓门口，她刚想敲门却踌躇着，于是她打开手机里的"love"情侣软件，上面显示对方距离为5米。

门铃如警报拉响，纪念穿上粉色蕾丝浴袍去开门，门口的韩依依一把推开她，径直往里冲，无心留意昏暗光线下的迷情布置。她四处搜查，找到只围着浴巾的萧林风无处可躲地藏在大衣柜里。

心灰意冷的最高级，不是哭天喊地，不是愤怒吵骂，而是无言以对。

韩依依摘下左手无名指的戒指——一生只能购买一枚的Forever款Darry Ring钻戒，扔到萧林风脸上。感情远不及钻石永恒坚硬，但连最昂贵的钻石，也无法作为感情承诺的保证。

诺言的本质是包装漂亮、价格不菲又保质期极短的谎言，可即便这般华而不实，偏偏总有人上了瘾似的，为虚荣心埋单，心甘情愿上当受骗。女人总能在玻璃橱窗的谎言中，找到存在感。

"我知道我错了，但我对你是真心的！"萧林风把自己当成偶像剧男主角，暴雨中跪在韩依依豪宅门前，不见到她誓不肯走。

"我也是真心的，但给错了人。"韩依依打着伞出来，他们之间隔着一道大铁门，"见到了，可以滚了。"

随着真相揭开，韩依依与萧林风即将举办的婚礼告吹，萧林风苦苦哀求也无法令韩依依回心转意。

叶薇回来后，在休息间与苏凡擦肩而过，苏凡想对叶薇说什么，上扬嘴角却被叶薇的仓皇而逃晾晒在那里。

当天的中午，韩依依府上的管家来办公室，将她的物品收拾拿走。

就在大家纷纷猜测，纪念将万劫不复的时候，只见纪念身着干练职业套装，梳着利落的马尾辫，摇曳生姿地穿越人群，在一片哗然当中，从容地回到自己的办公室。她仿佛一切都没发生，那副最熟悉也最陌生的表情，让叶薇想起一个人。

即便战火连天，即便惊天动地，即便岌岌可危，仍然淡定，保持优雅姿态，这是纪念和沈澈的本事和魅力。

晚上，叶薇收到一条短信："到窗边。"

她把手机扔在一旁未理会。

紧接着又一条信息："看天空。"

那个号码虽然未存，但就算倒着看，她也清楚记得那是沈澈的。

她再次把手机扔在一旁，想了想还是不由自主地走到窗边。

"你说情到深处人怎能不孤独，爱到浓时就牵肠挂肚。"林志炫的《离人》唱道，"有人说一次告别，天上就会有颗星又熄灭。"

归来的人，都曾经离开过。

离开的人，可能因为意外，可能因为逃避，可能身不由己，可能深陷花花世界的旋涡无法自拔。我们来不及告别，也未知晓归期，但预留的空位透露等待之心。

熄灭的星星，终将再次被点亮。忽明忽暗，是星星的轨迹，也是一段段人生。

每段人生，有人闯入，有人缺席。有人在飘着大雪的世界末日携手相伴，却在阳光灿烂的午后不告而别，自此杳无音信。有人在年少轻狂的不朽青春里，同我们一道潇洒戎马，笑看红尘，却在约定好白头到老、友谊长存的路上中途退场，让青春的见证不翼而飞。

熄灭与点亮，离开与归来，皆是在劫难逃的宿命，毕竟谁也无法陪着我们从襁褓到坟墓，这自始至终是种天真的奢望。再深入血液骨髓细胞的爱，都只是生命的组成，而不是全部。配角再入戏、再出彩、再淋漓尽致，终究只有自己才是自己的主角。

人生太匆匆，聚散都无常。至少那晚，云淡风轻，漫天繁星。

星空下，站着因离开而归来的沈澈。

　　春风吹面薄于纱，春人装束淡于画。

　　游春人在画中行，万花飞舞春人下。

　　梨花淡白菜花黄，柳花委地芥花香。

　　莺啼陌上人归去，花外疏钟送夕阳。

　　弘一法师李叔同所作词曲的《春游》，带来怀旧质感，也带来京城扑面而来春的气息。

　　春天的到来，代表厚重的棉衣再也无法掩盖肥肉的横行霸道。叶薇为了减肥，已很久不再碰麦当劳。

　　戒掉膨化食品，戒掉啤酒炸鸡，戒掉熬夜晚睡，戒掉一切不良习惯，戒掉想念不该想念的人。这是叶薇下定决心的立誓。

于是看到微博上疯转的抽奖活动——麦当劳套餐最新推出的12款哆啦A梦玩具，她只能默默转发，期待着有好运把心水的哆啦A梦带回家。

叶薇的生日将至，沈澈表现得更加殷勤。他不再顾及叶薇的拒绝与咒骂、作死与傲娇，不再与叶薇争论，每天都准时在公司楼下等她下班，然后跟着她兜兜转转。叶薇一再警告他，还跑到警察局告他骚扰，但一切都无济于事，沈澈永远一副什么都没发生的样子。

没心没肺应该归属于叶薇这种白羊座的大条神经特质，在高贵冷艳天秤座的沈澈身上展现，简直反常规、反科学、反人性、反星座主义。

是压力太大让他精神崩溃成为变态杀手，还是飞来横祸让他永久性失忆并不断复制粘贴过活？隐隐有"敬请关注本期《走进科学之沈澈骤变》"的阴森背景画外音在播放。

沈澈的改变让叶薇毛骨悚然，好像恐怖电影里凶手无缘无故诡异地微笑，但不得不承认，沈澈的确变了。承认这点，远比凶手的笑让叶薇后怕百倍。她不是怕沈澈改变，她是怕自己动摇。

直到那天，站在公司楼下的人由沈澈变成了萧林风。

萧林风失去了他的敞篷跑车，脸上浮肿，布满胡茬和瘀伤，叶薇出来时，他气势汹汹迎面走来。这才发现，萧林风的腿残废了，那种不会再康复的残废。叶薇上前欲问，却和他擦肩而过，见他直勾勾走向叶薇身后方的纪念。纪念来不及躲避，就被他一把拽住。

"叶薇！"这声音让四人同时回望，叶薇、纪念、萧林风，还有一个苏凡刚刚从大门走出。沈澈从远方赶来，步伐和语调都激动万分，挥舞着手里紧握的两张票，在快要接近叶薇的时候，却被萧林风出其不意地突然袭击。想要抓住票的沈澈又被萧林风猛踹两脚，票被风卷走。被偷袭的沈澈自然不服，爬起来反击，火药味十足。

他们的梁子要从大学算起。大一下半学期，于万花丛中策马扬鞭而过的萧林风，渐感乱花渐欲迷人眼，只有叶薇这样的浅草才能hold住他的马蹄，于是在一个酒后他愤然决定，要追回叶薇。

为此，他通过在夜店结交来的各路人马打听叶薇的消息，并跟叶薇同校不少人分钟变哥们儿，其中就包括他最常去找的沈澈。然而，大二开学，叶薇摇身一变成为沈澈女友，让萧林风深受双重打击。再次于酒后，他愤然决定杀向沈澈，刚好在校门口看见牵着叶薇的沈澈，他二话不说，冲上去就狂扁。但结果却是，被人高马大、四肢发达的沈澈全面压制。

"别打了！"如今，叶薇重复着当年的对白。

与当年争强好胜不同的是，沈澈听从叶薇的命令，立即住手。但是，萧林风并未停手，反而变本加厉，不顾旁人阻拦，用站不稳的身躯暴揍沈澈。

被痛打的沈澈，丝毫不还手，直到最后血肉模糊，萧林风打得气力已尽仍不肯停。每个人都心知肚明，令萧林风发疯痛恨的不是沈澈，而是他自己的处境。

后来听传闻，叶薇才得知萧林风是被集团老板娘，即韩依依妈妈派手下暴揍至残废。纪念虽安然无恙，但任谁都能感觉到她的如履薄冰。

之后有人见到萧林风，他仍整夜混迹于夜店，仍另寻新欢、左拥右抱，仍脾气暴躁冲动，容易跟人动手，却再也没打赢过。自暴自弃，面目全非，颓废至极。

一段好的感情会给予你养分，几段好的感情会让你成长，无数段感情或许就不能叫作好感情，而是毒品。它让你上瘾，消沉堕落，无法自拔，最终被它毁灭。

面对无望的未来，歇斯底里地自我报复，这是萧林风在叶薇生命中留下的最后的轨迹。她年少青春的美好与污迹，都被狗尾续貂地写成一部闹剧，这出闹剧的结尾，自己只是浮光掠影，一带而过，成为一个走过场的串联。

"春物与愁客，遇时各有违。故花辞新枝，新泪落故衣。日暮两寂寞，飘然亦同归。"

春不留，青春亦随流萤飞花一去不返。

从此，叶薇再也没见过萧林风。

曾经沧海或萍水相逢，再也不见是件最残忍不过的事。

"你干吗不还手啊？"叶薇帮沈澈伤口擦药。

"你叫我别打了的。"遍体鳞伤的沈澈喊着疼，脸上却堆满笑意，"可惜那两张票，我排了半天队呢！"

"你以前不是不喜欢吗？"

"听！你的最爱！"

工人体育场外，叶薇和沈澈坐在路旁听五月天的演唱会。

曾经，叶薇对沈澈说，她的愿望就是：和他一起看五月天的演唱会，一起去工体看国安比赛，一起熬夜看世界杯，一起去世界尽头看地老天荒。那时候，是沈澈不愿意，后来，是他们没机会。

阿信让全场观众掏出手机，打给喜欢的人。

现在唱的这首是叶薇最喜欢的《突然好想你》："突然好想你，你会在哪里，过得快乐或委屈。突然好想你，突然锋利的回忆，突然模糊的眼睛。"

叶薇望着工体，听得出神，手机却不合时宜地震动。她看了眼号码，看向旁边打着电话的沈澈。在春风沉醉的夜晚，他的微笑在华灯与背景音乐映衬下，显得格外温暖迷人。

"最怕此生已经决心自己过，没有你，却又突然听到你的消息。"

在感情中，我们倾向于喜欢强者，同情弱者。深谙世事的沈澈，输掉一场虽败犹荣的比赛，赢得了他想要的距离。

叶薇发现最近苏凡和纪念走得颇近，两人经常一起上下班，并有说有笑。

那天，容姐说纪念叫叶薇去她的办公室，她在门外才发现苏凡也在里面。纪念轻柔地倒在苏凡怀里，苏凡下意识扶住她，并温声细语地询问她，把她扶到座位上。

爱、喜欢、有好感、觉得还不错，之间的分量天壤之别，不知道自己的感情几斤几两才会有借口。

从前叶薇以为自己与苏凡之间，是介乎喜欢与有好感之间的暧昧地带。但她忘了，错综繁芜的情感交错中，还有一种暧昧叫来者不拒。

这时，叶薇敲门进来。尴尬的气氛中，纪念把苏凡支开，并给叶薇一个晴天霹雳的任务——跟踪调查江楠，任凭叶薇几番反抗也于事无补。

下班后，苏凡没有跟纪念一起走，而是在楼下等叶薇。

"你……最近好吗？"苏凡小心试探着。

叶薇没有回应，忘记戴面具的她只是僵硬地笑着。沉默是她赌气的方式。

"我想问你……你明天……"

"叶薇！"苏凡的支支吾吾被沈澈的大声呼喊打断。

沈澈从远处风风火火奔跑而来，手里拿着十几包麦当劳套餐外卖。看着一头雾水的叶薇，他把袋子都放下，掏出 12 个哆啦 A 梦玩具递给她："今天看到你之前转发的微博，就跑遍北京城，终于买齐全套了。"

"那这些麦当劳怎么办？"叶薇目瞪口呆地看着散落地上，她这辈子见过的最多的麦当劳外卖。

"分给你同事呗！给！"沈澈顺手递给苏凡一包麦当劳。

所有的懦弱胆怯都源自不够爱。

而有些懦弱胆怯是因为强大，强大到可以选择输来让自己赢。有些懦弱胆怯是因为害怕，害怕违背当初抽着自己嘴巴定下的绝不回头的誓言。有些懦弱胆怯是因为无能为力，因为无可奈何。

不顾一切奔向你缘于爱，懦弱胆怯又何尝不是源自爱？只是忍着痛的爱里，掺杂了太多顾虑。

苏凡去麦当劳吃了连续两周来的最后一顿，他没有沈澈的阔绰豪气，却把沈澈给他的套餐送与路边流浪汉。回到家，苏凡把一个哆啦A梦玩偶摆放在桌上，刚好凑齐12个，只是再也无法送出。

当叶薇觉得自己似乎真的放下这段感情时，一直不规律的生理期竟然奇迹般不紧不慢地如期而至，她便也觉得豁然舒畅。

刚分手时，还为此去瞧中医，调理了很长一段时间。医生对她说："找个对象就好了。"就连理发师也像统一过口径似的，分析她经常掉头发的原因："找个对象就好了。"补刀高手果然卧虎藏龙在民间。

但他们不懂，找对象容易，找一个合适的对象，却远比治疗内分泌和掉头发要难上一个银河系，因为你压根无方可寻。而喝世界上最苦的中药，却有一个缓解痛苦的好办法——想着那些更痛苦的事，比如沈澈离开了自己。

夏蕾常说："大好的青春，就该去恋爱，去挥霍，去受伤，去抽烟喝酒尝尽世间新鲜。过得那么四平八稳，你对得起荷尔蒙吗？"

叶薇答道："荷尔蒙是谁？"

单身太久，身体不再分泌荷尔蒙，并自动生成一张"你死开"的臭脸。

但是，随着沈澈如小鹿如石子般，搅乱她静如深林如湖面的日常，她体内的荷尔蒙再次从机场起飞，在高空遭遇不稳定气流而颠簸起伏。

她原以为，青春期除了婴儿肥，什么也没留下。与沈澈的重逢让她明白，青春并没有斩尽杀绝，还宽恕残余了一丁点的荷尔蒙，等待着春风吹又生。

从这一年的第一天开始，沈澈就蓄势待发，开始为叶薇的生日倒计时。玫瑰气球烛光晚餐，从未浪漫过的沈澈大概也学着窠臼俗套，紧锣密鼓地筹备着。像举办 APEC 期间北京的限号和放晴的蓝天一样，任谁都能感受到一股过节般浓浓的喜庆欢腾。

纪念得到内部消息，让叶薇二十四小时不间断去江楠的别墅前盯守，包括任何进出江楠家的人、物甚至垃圾，没有情报就不准停止任务。然而江楠因之前的事件，通告大大减少，大多在家休憩，除了经纪人也不与任何人走动，毫无爆点。

春风沉醉的夜晚乍暖还寒，在无眠无休且无任何线索头绪的时候，像某种不祥预兆，叶薇猝不及防地突发高烧。沈澈给她打电话，听见她用有气无力的声音说着胡话。

夜色朦胧中，叶薇看到憔悴的江楠拿着一个大垃圾袋出门，看四下无人，走到远处的一个公共垃圾箱扔掉。叶薇跟踪在后，纳闷着：他家每两天都定时有保姆来打扫卫生，门口也有垃圾箱。江楠回家后，叶薇翻倒着垃圾箱，找到江楠扔的那袋，打开看里面乱七八糟，都是各种食品袋和大小袋子，并无异常，但直觉还是让她把垃圾袋收起来。

叶薇拖着垃圾袋，如初级爬行动物一般赶回原地蹲守，烧糊涂的她像醉酒大汉不能走直线，完全看不见不远处明晃晃的汽车车灯照射，就在她快被撞到时，沈澈及时赶到，把她推到路边，叶薇无知觉地昏倒在沈澈怀中。

沈澈把叶薇拖回家，伴随着叶薇生病的呻吟，照顾她整整一天一夜，一分一秒都没合眼。

第二天，也是生日前一天的清晨，叶薇的手机发出高危警报的呐喊，家人打来电话，从小到大最疼爱叶薇的姥姥，突然重病住院做手术，生命危在旦夕。

叶薇被沈澈连扶带拽地拖到医院，所有见过没见过、熟悉不熟悉的亲朋纷纷到场，有抱头痛哭的，有互相安慰的，有神情凝重的，有忙前跑后、托人办手续的。

医生直截了当地让家属准备后事，并让大家一一进去见姥姥最后一面。叶薇在沈澈的陪同下，由护士指引进入急救室，犹如电影《情书》中医院场景的逆向变焦镜头，里面恍如隔世，她深信这只是高烧衍生的幻觉。

穿越无数死亡边缘的挣扎，与无数生命的最后一秒擦肩而过，他们走到急救室尽头。她依稀记得毫无血色的姥姥，被勒着沉重的氧气罩，手上因扎着各种针头而青筋暴起，原本胖胖的福相身材蜷缩在病床上，却显得那样瘦削。其实那也不算病床，只是一副窄窄的担架。

姥姥已经说不出完整的话，断断续续的喘息声中，夹杂的只言片语也难以听清。但叶薇依然能辨析出姥姥说着："薇薇，你来了。"不知哪里来的力气，那种能把心捏碎的力度，姥姥紧紧攥住叶薇的手，睁不开眼睛也没有放手。

叶薇克制再克制，对姥姥说"加油"。姥姥的耳朵不好，被摘掉助听器的世界于她只是一个真空环境，她看着叶薇竖起大拇指，再次闭上眼点点头。

本已放弃的院方，在叶薇家人紧锣密鼓找关系的情况下，下午安排了姥姥第一个进手术室。因为抢救姥姥，挤掉了一个或许时日无多，或许年轻力壮，或许未经世事的另一个人的抢救时间。她被推出那间生死场，里面的病人都在死神这位终极签证官面前排队。

世上未有公平一说，唯一公平的是，从八岁到八十岁，生命无不是盼着生，却等着死。

手术持续到晚上八点，中途医生拿着一截黑死、布满毒瘤的肠道出来。姥姥被推进 ICU（重症监护室），若想活下去还必须平安挺过危险期。亲朋陆续回家，只剩母亲、叶薇与沈澈守候在 ICU 门前休息室内。

日后，姥姥再也无法像正常人一样自由行动，排便必须从肚子侧边的管道接到一个特定的袋子里，小便只能插入尿管，由于岁数过大需二十四小时有人监护。姥姥的自尊心，与叶薇相比，有过之而无不及。但无论怎样，劫后余生总算是种侥幸，在活着面前，自尊心显得如此卑微。

　　沈澈从外面买了饭回来，母亲已经躺在座椅上睡着了，叶薇与他到大厅长椅上吃一天的第一顿饭。

　　深夜的时候，大厅的灯也熄灭了。叶薇望着窗外，耳朵突然被音乐充斥，她转头过来，沈澈把耳机塞进她另一只耳朵。吉他和旋弹奏着袁惟仁的《想念》，然而声音却来自她身边的男人：

　　　　我在异乡的夜半醒来

　　　　看着完全陌生的窗外

　　　　没有一盏熟悉的灯可以打开

　　　　原来习惯是那么难改

　　　　我在异乡的街道徘徊

　　　　听着完全陌生的对白

　　　　当初那么多的勇气让我离开

　　　　我却连时差都调不回来

　　　　我的夜晚是你的白天

　　　　当我思念时你正入眠

　　　　戴的手表是你的时间

　　　　回想着你疼爱我的脸

　　　　我的夜晚是你的白天

当你醒时我梦里相见

只为了和你再见一面

我会不分昼夜地想念

　　一曲结束，时针指向零点，沈澈轻拭着黑暗中叶薇不见踪影的泪滴，摘下她的耳机，在她耳边轻声说："生日快乐。"

　　他们四目相对，形成两个剪影，窗外是灯火零星，面前是沈澈点燃的打火机跳跃的光亮。

　　"许个愿吧。"

　　叶薇是不信教的，但那一刻她双手合十，再虔诚不过地祈祷着。

　　能够轻易被接受的，要么因为喜欢，要么是还没忘。或许是感动，或许是习惯，或许是恋恋不舍，或许是脆弱时的支撑。总之，过了不到一年，叶薇食言了，她当初所有刻骨铭心的耻辱和毒誓全部作废，她原谅了沈澈，再次跳进了前男友的无底洞。

　　然而，在生死面前，强烈的自尊心、惊天动地的爱恨情愁，都变成微不足道的挽歌。

　　叶薇倚靠着沈澈直到第一缕晨光叫醒他们，家人上午来接班看守。沈澈跟随叶薇回家休息，然而他们并未发现，有人在门口守候了一夜，但听到两人的说话声却立即躲了起来，直到看着叶薇和沈澈手牵手一起进了家门，那人才离去。但是走了一段路又迂回到叶薇家门口，把一个包装精美的大盒子放在门口，又像一个没有等到签收就离开的快递员一样扬长而去。

　　直至夕阳西下，叶薇和沈澈准备出门觅食，然后再去医院看望姥姥。她才发现门口的大盒子，打开看，是一盒码放整齐的电影蓝光 DVD，粗略地看至少也有几百余部，却并未写送礼物人的姓名。叶薇脑中划过一个人的名字，只一刹那，只有一个人，但是那想法转瞬即逝，她把礼物和心意都只能好好收藏起来。

　　次日，叶薇拿着在江楠家附近捡的垃圾袋，一路被各种嫌弃地去了公司。容姐过来询问她姥姥的病情，也注意到了那个垃圾袋。趁着没人，容姐再次打开垃圾袋检查，并注意到一些透明的小袋子，里面有残余的白色粉末。

　　叶薇："这是……"

　　容姐："毒品。"

　　纪念把叶薇叫到办公室，打断了她们的对话。

　　纪念丢给叶薇一个白信封。叶薇打开看，里面是一摞厚厚的现金，她不明所以。

　　纪念假装在看电脑："听说你姥姥病了，给她买点东西吧。"

　　叶薇："她现在在 ICU 里，任何东西都不需要。"

　　叶薇把钱放回纪念的桌子上。

　　纪念："那就当你提前预支的薪水，或者别的什么都行，我只想在这个时候做点什么。"纪念的善意让叶薇猝不及防。

　　叶薇："好，那我拿我该拿的。"叶薇从那厚厚的一摞中抽取了微薄的几千块薪水，剩下的放回原地。

　　叶薇离开办公室前很想像以前一样，把"不是什么事都能用钱办到的"这句话甩到纪念脸上，但她咽回去了，取而代之的是："谢谢。"她不知自己怎么了，自己开始变得心软并且不嘴硬。

上班一整天都不见那个被怀疑送礼物的人，叶薇试探着询问容姐，却被告知，苏凡已经升职被调到其他城市的分公司。叶薇给苏凡打电话却变成一直无人接听，发短信、微信，一概不回。

终其一生，我们只学会隔着人海，匆匆告别。

而叶薇不懂苏凡的不告而别，无法确认那些礼物的来源，不知道那些他未说出口的话，也始终解不开他们之间的误会。她对这个陪伴她走过一段最难挨岁月的人，有太多的疑问，却被自尊心阻碍着、拉扯着，没有机会找到答案，只得深埋心底。但即使有些问题找到答案又如何？有些人之间，注定是没有结果的纠缠，是彼此无法直视的心理战。

流光容易把人抛，红了樱桃，绿了芭蕉。

冬还未走远，已投身夏的怀抱，没有春天的北京，我们都错过了能够浅浅淡淡、青涩脸红、只谈恋爱不想未来的季节。

"当初是谁夜里三点哭着给我打电话说，谁要是再搭理那混蛋就让我抽她啊？！"夏蕾得知叶薇与沈澈和好的消息后痛斥她。

叶薇二话不说，直接抽自己俩嘴巴，整间餐厅都回荡着那响彻云霄的脆响儿。

"我领教过的男人，拴一块儿都能绕地球好几圈了。丫现在回来装孙子，就是在为以后像大爷一样摧残、蹂躏、践踏你做掩护呢！"夏蕾的怒火被淋上辣椒油，"心思花在被珍惜的人身上才叫爱情，不然就叫犯贱。"

"没犯过贱，又怎么算真爱啊？"叶薇脸上印着俩红手印，与《妈妈再打我一次》漫画里喜欢学习的小女孩，只差头顶俩小辫的距离，"我姥姥今年 80 岁，跟我姥爷在一起一辈子，吵吵闹闹，从来没分开过。那天我去医院看她，她醒了后一直埋怨着我姥爷怎么不去看她，还吃醋说起姥爷年轻时候的一个女同事。我姥爷其实一直嚷着要去看姥姥，是家人怕他岁数太大行动不方便，说等姥姥情况稳定了再去。后来我算了下，即使我能活到 80 岁，人生也只有 960 个月。如果剩下的 600 多个月，都不能在喜欢的人身边度过，那一生该有多悲哀啊！"

夏蕾沉默了许久才开口："如果你觉得他能带给你幸福，我一定祝福你！我也有消息要告诉你，我要结婚了！"

叶薇激动得连"恭喜"都说不出口，她远想不到飘忽不定的夏蕾竟要放弃整片森林，甚至不顾背井离乡，只为一棵树栖息驻扎。

那一刻，她只想祈祷，只想祝福。愿相爱终成眷属，愿孤独相遇命中注定，愿每一份真心都能不被辜负、不留遗憾。

大概是万物复苏的缘故，每个人都好像处在恋爱的甜蜜当中。那段日子，叶薇找回了刚和沈澈在一起的感觉，但是又不似当时那般羞涩，他们像老夫老妻一样默契，又有小别胜新婚的新鲜感。

不会做饭的叶薇，开始买各种食谱，学习烹饪。沈澈每每吐槽着食物难以下咽，但每次都吃得盆干碗净。

"这是什么？"沈澈喝着叶薇给他煲的汤。

"牛鞭海参汤。"

喝着汤的沈澈全喷出来了："我用不着这么大补吧！"

叶薇阴阳怪气："好像是某人说最近肾亏的。"

"我那是……休息不好……"沈澈有点不好意思，但还是在叶薇监督下一碗接一碗都给喝了。

他们会一起逛超市，每次叶薇会往购物车里放一堆菜，沈澈会以投篮的姿势扔进去一堆零食。

叶薇吐槽着："你能不能放点生活必需品进去啊？"

于是，沈澈抱起叶薇往购物车里放："我只要这一个生活必需品就够了。"

无论购物后大包小包有多重，沈澈永远只会用一只手来提，而另一只手则空出来，牵着叶薇。

购物袋在沈澈过分自信的情况下不堪重负，沈澈和叶薇只好每人抱两个袋子。沈澈上下打量着抱两个大袋子在胸前的叶薇，不怀好意地叹口气："这要是真的，不，哪怕是硅胶都好啊！"

伴随一声巨响，沈澈被叶薇一招致命，正中胯下，击倒在地。

沈澈打着游戏，叶薇刷着淘宝，把脚放在沈澈腿上，两个人在家的时候便这样做着各自的事情，静默却内心安稳。

间歇时候，沈澈问："你知不知道我在美国时，最想念什么啊？"

叶薇摇着头放下 iPad，但偷笑着，答案肯定是自己。

沈澈满脸念想："我最想念的就是……烤串！"

叶薇的笑容一瞬间凝固了，并能听见什么碎掉的声音。

"干吗不问为什么？"沈澈爬过去，看到叶薇噘着嘴，被点穴一般定在那里，"我想念烤串，因为想念那些你陪我去学校后门撸串的夜晚，想念有个傻丫头陪我一起长胖的日子。"说完，沈澈比画着葵花解穴手的动作。

沈澈："换你了，这段日子，你最想念什么啊？"

叶薇想了想："我最想念……鲶鱼豆腐！"

沈澈一副不屑："切！"

叶薇："我对你的爱，就像喜欢吃学校三楼食堂的鲶鱼豆腐，倒不是这辈子非你不嫁，没有别的选择，但是只要我去三楼食堂，除了鲶鱼豆腐我什么不想吃。"

沈澈拽起叶薇就往屋外走："去学校。"

叶薇看了看表："食堂马上关门了！"

沈澈："还有半小时，来得及。"

果然他们在食堂关门的最后一分钟赶到学校，但是厨师们都已经收拾下班。他们软磨硬泡，软硬兼施，还是被赶了出来。

两人遗憾地去后门小饭馆吃烤串，沈澈让叶薇等他一刻钟，不管不顾地冲进了厨房，然后端着一锅鲶鱼豆腐出来了，还附带了满脸油烟和鼻梁脸颊的一抹灰。

他们通宵熬夜看世界杯，面前摆满了啤酒和零食，穿着各自支持球队的衣服，输一个球失球方不仅要罚酒，还要脱一件衣服。

沈澈出乎意料地输给毫不懂球的叶薇，到最后红着脸，一丝不挂，只能像原始人一样拿枕头遮羞。在叶薇的嘲笑声中，沈澈却露出阴险笑容，缓缓逼近。

叶薇感觉形势不对，抄起身旁的酒瓶威胁着说别过来，沈澈干脆把枕头扔一旁，扑了过去。叶薇下意识躲开，沈澈从天而降，直接扑空，如果加上空中转体定是完美的落地姿势，只可惜脸代替了脚着地。

很久没有对喜欢的人说晚安了，因为很久没有喜欢的人了。

于是，从早安到晚安，再从"睡不着"到"迟到了"。

人们总以为，忘记一个人就像昏昏入睡，而复合就像是在你刚刚进入梦乡时，突然被一通电话吵醒，之后睡不着也精神不起来。

但是，他们不一样。

每时每刻，每分每秒，他们都像热恋中一般黏腻，像离别前一般难舍难分，像连体婴儿一样默契合拍。

一天，叶薇发现自己头上添了几根雪白银丝，她呼唤来玩着游戏的沈澈帮她拔掉，拔掉白发后，沈澈接着回去打游戏。

叶薇看着手上那几根白发，发出悲伤无比的呐喊，沈澈着急忙慌地再跑过来询问。

叶薇："我老了！"

沈澈无奈地回去继续打游戏。

"喂！"叶薇到沈澈耳边再次强调，"我老了！"

"哦。"沈澈目不转睛地盯着电脑，"老了还不好。"

叶薇刚要发火，沈澈若无其事且不假思索地继续说："我们就可以白头到老了。"

他轻描淡写地说着"白头到老"，好像天长地久是件如日落月升一样理所应当的寻常小事。然而这件寻常小事，这样信口一说，这种理所当然的不以为意，却让叶薇觉得，再没有可与之比拟的动听情话了。

叶薇从背后抱住专心致志玩游戏的沈澈，靠在他后背想：这辈子，除了这个男人，不会有任何人，能够为自己拔白发了，也不会再有任何人，能够让自己毫无芥蒂地去信任、去依赖了。

于是，在叶薇温情脉脉的眼神凝视到他毛骨悚然之后，沈澈终于放下游戏，陪她看完了电影《指环王》三部曲。总共 11 个多小时的观影过程中，看了三遍的叶薇越看越起劲，沈澈则尝尽各种睡姿，每每睁开眼都在上演打仗，以至于他以为在做循环往复的梦。

最后的观影感悟是，白头未必牵手到老，还有可能孤独终老，或者羽化成仙变为甘道夫。

而他们会隔三岔五去医院，看望陪伴真正白发苍苍的姥姥，她的气色也愈发好转。每次沈澈陪叶薇一起去，姥姥都会高兴异常。每次都必将叶薇托付给沈澈一回，好像他们生生世世，都被月老用红绳绑定在一起一般。于是，每次姥姥都会问他们何时结婚，每次他们都羞涩地回答还早呢，每次姥姥都替他们焦急操心。

问着问着，答着答着，便在心里用荧光笔画上了重点符号。叶薇也跟着打了问号，顺藤摸瓜，私下试探着问沈澈关于结婚的打算，沈澈也搪塞着说还早。

复合的日子，蜜糖砒霜。男人最喜欢的关系，便是有爱、有乐趣、有激情，但不用负责任。女人更贪心，她们既要爱、要乐趣、要激情，也要安全感。

女朋友会给男朋友挑选内衣、内裤、袜子，老婆会给老公洗内衣、内裤、袜子。叶薇尽了女朋友的义务，也承担了老婆的责任，她任劳任怨，并且心甘情愿。她现在想要的，只有一个名分。

但真正让叶薇再次开口提结婚这件事，是在工作上走到分岔路，她急需一个避风港让她逃避，以免去职业与良心的鞭笞，当然这是后话了。

晚饭后，叶薇洗完碗、扫完地、洗完衣服，走到专心打游戏的沈澈身旁坐下，若有似无地刷着 iPad，音响里放着歌，恰好放到刘若英的《为爱痴狂》。

叶薇："我收拾完了。"

沈澈："好。"

叶薇："我想辞职。"

沈澈："好。"

叶薇："我想结婚。"

沈澈沉默不语。

只有刘若英忧伤地唱着：

"想要问你想不想，陪我到地老天荒。"

叶薇语气加重，语调严肃："我想结婚。"

沈澈无动于衷："现在这样不是挺好的。"

叶薇站起来，一场争吵大战在劫难逃的气势，但是她吹灭了心中怒火，一言不发，看着依旧在玩游戏的沈澈，独自离家。

房间里只有刘若英的声音：

　　想要问问你敢不敢

　　像你说过那样的爱我

　　想要问问你敢不敢

　　像我这样为爱痴狂

　　过了一个多小时，沈澈下楼去找叶薇，叶薇坐在小区里的健身器材上发呆。沈澈语气温和地哄叶薇，她没回应，依然仰望天空。

　　沈澈："有件事……"

　　沈澈刚鼓足勇气，却被叶薇手机的紧急夺命 call 打断。

　　夏蕾哭了一路，拿着行李，从机场打车过来，叶薇去小区外替她付了车费，把她接回家。

　　夏蕾幻想与之相伴终生的"真命天子"，被夏蕾逼婚的气势吓退，逃回了台湾。夏蕾锲而不舍，飞去台湾找未婚夫，却得知他早已结婚，并有两个孩子。

　　"他说跟我只是玩玩，各取所需，是我自己当真了。我竟然成了小三、外遇、臭婊子？！"

　　夏蕾哭诉着，叶薇在一旁给她递纸，纸都抽尽了，眼泪还擦不完，鼻涕也擤不完，叶薇从未见过夏蕾如此伤心。

　　"我的爱情不要我了，我什么都没有了。"

　　"你还有我们啊。"一直在旁默不作声的沈澈突然开口。

　　夏蕾晚上留下，和叶薇一起睡。她们很久没像小时候那样，钻进一个被窝，聊心事到深夜。

　　叶薇问夏蕾："你后悔吗？"

夏蕾："后悔。"

叶薇："后悔跟他在一起？"

夏蕾："后悔在一起时没有对他再好一些，好到让他再也离不开我。就像你减肥后又反弹了，难道你会后悔减肥吗？你只会后悔为什么自己没有咬咬牙，保持住千辛万苦减下来的身材。"

叶薇："心思花在被珍惜的人身上才叫爱情，不然就叫犯贱。这可是你自己说的！"

夏蕾："你不是也说：没犯过贱，又怎么算真爱啊？"

第二天清晨，叶薇很早起床，却发现沙发上并没有沈澈。随后，沈澈从厨房端出热腾腾的西式早餐。

叶薇："昨天你想说什么事？"

沈澈："没什么，吃早餐。"

叶薇刚想追问，但是看着那个曾经嫌弃叶薇给他买早餐的男孩，变成现在起早给她和家人做早餐的男人，她顿觉既往不咎与照顾彼此家人都是一种成长。

世上的情有很多种，但无论爱情或是友情，情到深处，都变成了亲情。

　　跟随地球运转的人们，不管是舞台上万丈光芒的明星，还是菜市场里讨价还价的大妈，不管是地铁里行色匆匆、低头看手机的上班族，还是放学后只敢在无人小巷里牵手拥抱的学生，每个人都隐藏着难以言说的秘密。

　　有些秘密，暴露在太阳底下，也未见得是新鲜事。只不过，你隐藏的是秘密，说出来的是故事，别人听到的只是八卦、笑话而已。

　　有些秘密，串联起人的一生。它可以让官员平步青云，可以让学生前途无忧，可以让明星以好男人形象而坐拥粉丝无数，可以让歪瓜裂枣女屌丝一秒变成天生丽质、众人跪舔的女神，可以让除了姿色一无所有的女人享尽荣华富贵，可以让丈夫以为娶了个纯洁无瑕的处女妻子而把她捧在手心。这些秘密是见光死的幽灵，人们会因为秘密而改变一生，也会因为秘密不再是秘密而终结一生。

如临深渊，如履薄冰。枕在秘密上睡觉的人，有谁能够真正安枕无忧呢？

与沈澈甜蜜复合后的叶薇，仍逃不掉调查江楠的宿命。但自从叶薇从垃圾箱里翻出疑似江楠吸毒的证据后，纪念便派容姐等人与叶薇一同交替蹲守于江楠的别墅门口，但人手越多却越是一无所获。

一次傍晚，叶薇与容姐值班时，容姐的女儿生病住院。看她焦躁不安，江楠家也一如既往地相安无事，叶薇便让容姐先行离去。

容姐前脚刚离开，一辆接一辆豪车便驶入江楠家地下车库，如颁奖典礼一样的狂欢盛况。毫无防备的叶薇立即拿出相机拍摄，但根本无法辨别这些豪车的主人是何方神圣，于是她趁着车辆络绎不绝的空隙，进到江楠家地下车库，浑水摸鱼地潜入豪宅。

别墅中有泳池、健身房、桑拿房、练歌房、电影院，浑然一个自循环系统的微型私人度假村。成名后的江楠一个人久居此处，但总觉得少了点什么。

然而江楠的明星朋友们来此聚会，却并未用到任何这些娱乐设施，叶薇躲躲藏藏、寻寻觅觅，发现他们来到这个有着几层楼的别墅中，却都聚集在一个幽暗狭小的房间内。

此次聚会的明星名单更是亮瞎狗眼，涵盖了众多圈内最当红的一线小生。众人来此目的，也是在他们眼中，比任何娱乐项目更有趣的，通通被目瞪口呆的叶薇记录在相机内，就在她收起相机的当下，被一只手拽进了一间黑暗屋子。

那人开了一盏小台灯，台灯下的安眠药盒堆成山。黑暗中靠近光亮，方才看见他便是这座别墅的主人江楠。江楠夺过相机，一张张翻看并按下全部删除键。

江楠："抱歉，让你们这多么天的辛苦白费。"

叶薇："你知道？"

江楠："你们在我家门口的一举一动都尽收眼底。"

叶薇："那你还敢让他们……"

江楠："我不能拒绝。况且我知道，你不会将我逼上绝路的。"

叶薇："路是自己走的，没人逼得了你。"

江楠点点头，走向窗边："你觉得这里风景怎么样？"

叶薇也看向窗外，整个别墅小区星光点点，陆地与天空的星光连成一体。住在这里的人，绝不会是叶薇这种凡夫俗子，那些人无论走到哪里，都被一道追光照亮。

"太美了！这个操蛋的世界太 TMD 美了！"江楠感叹着，"我喜爱这个世界上的很多人，但我并不爱这个世界，无论它看上去多美。"

此时此刻，在这个看上去这么美的世界上，在他们隔壁的房间里，有一群最闪亮的星星聚集在一起，俊男靓女，赤身裸体，摇曳生姿，让他们嗨到忘乎所以的，并不是播放的劲爆音乐，而是他们面前和体内大剂量的毒品。

星星就该高悬天空，坠落地面则变成黯淡无光的陨石。

江楠对叶薇袒露心声，他以前是不碰那玩意儿的，也因此被人嘲笑不合群。后经历了一段很长的低谷期，没有通告，没有戏接，没有聚会和粉丝会记起他这个无名小卒。

没有被遗忘的人，只是他不够耀眼而已。

蛰伏的他决心改变自己，硬着头皮融入他们，扮演成像他们一样玩世不恭的角色，但是假戏演多了很难不真做。

有一次聚会，组织者是同为演员的星二代金少，其父是圈内举足轻重的老大，任何人对其都毕恭毕敬、唯命是从。就是那次，江楠初识金少，也是那次，在金少怂恿下，江楠第一次接触毒品。后来的聚会，金少常常带上江楠，江楠因此认识了更多明星，并熟悉了圈内的游戏规则。江楠的毒瘾一发不可收，脸由原本的婴儿肥，变成了两腮凹陷的棱角。如今，江楠家已经变成他们定期聚会的固定场所，而没有星爸靠山的江楠，也爬到了和金少平起平坐的地位。

生活与演戏，原以为会像水与油一样会分离，但原来时间会不断加入乳化剂搅拌，在无知无觉中融为一体，最后无从抽身，再也无清澈可言。

"我拼命再拼命追赶的，不过是一些人的起跑线。"江楠转过身面对叶薇，"如果你想报道，甚至报警，我都拦不住你。但是我现在知道错了，我想戒掉，我想抽身，我想从那肮脏龌龊的地狱逃出来，只不过需要一些时间。我不奢求你理解宽容，但我恳求你，给我一段时间。"

江楠说得诚恳无比。叶薇不相信一个吸毒成瘾的人，能够完全戒掉，但她希望面前这个如犯了错的孩子一般忏悔的人，拥有一个改过自新的机会。

离开后，叶薇回望这座喧哗是非之地，于广袤宇宙之中，于繁星苍穹之下，隐藏着一颗一颗泪滴大小的秘密。她终于知道豪宅里少了什么——少了点家的温暖和人情味儿。

叶薇并没有将此事上报，但她次日去医院看望姥姥与容姐的女儿，把相机转交给容姐时，还是被容姐警觉地发现照片全部不翼而飞的端倪。叶薇以失手错按为由，可不懂伪装的人，一旦撒谎，任何人都能一眼看穿。在容姐的一再追问下，叶薇对她说出实情。

容姐："不管从法律还是职业角度，都不该不报的。"

叶薇："我知道默不作声就是包庇纵容。不是不报，但在把人推入深渊之前，可否给想回头的人一个能回头的机会呢？"

容姐："如果他不是吸毒，而是杀人放火、贪污腐败呢？善良只能用在非原则性问题上，滥用善良也是一种犯罪。"

叶薇："但他没有伤害任何人，只是适者生存的游戏太残忍了，他也是规则的牺牲品、受害者。"

容姐："规则如果没有人来揭穿、捅破，它就永远存在，所有人都只能在规则面前选择低头或者同流合污。"

叶薇："即使将它公之于众，摆上台面，规则就能不攻自破吗？规则之所以为规则，就是因为它无处不在、无孔不入，更不会因为无能为力的我们而消亡殆尽。"

容姐："可他们是公众人物，他们的所作所为就该受到监督，他们犯了错就该比普通人受到更严厉的惩罚。"

叶薇："就因为他是众矢之的，因为他站在高处，想把他推入地狱太容易了，所有观众都拍手叫好等着看一出闹剧，然后吐口唾沫、砸块石头。比起锦上添花，人们更享受落井下石的快感。如果我在这个时候报道，我就变成那个杀人的始作俑者，每个人的嘴里都含着一把刀。"

容姐犹豫着："可是……"

"我不奢求你理解宽容，但我恳求你，给我一段时间。这是江楠对我说的。"叶薇说，"有些事，无法理解，也不能宽容。只是希望给他一段时间和一个活下去的选项。期限一到，若他仍旧怙恶不悛，我会第一个站出来，将事实告诉大家。"

容姐答允叶薇，对此事保密。

这是叶薇与容姐第一次面红耳赤的争论交锋，正当她们在医院大厅沉默无言时，一个熟悉的身影划过眼前。

那个女人声音轻柔却坚定地讲着电话："你有妻子孩子那是你的事，怎么解决也是你的事，我想要的我一定要得到。"

虽然把大檐帽压得很低，但瘦高的线条、优雅的姿态，以及标志性的烈焰红唇中吐出标志性的语调，还是将纪念的身份暴露无遗。纪念看了看手上的单子，把它揉成一团扔进垃圾桶，然后戴上墨镜，继续扬起高傲的下巴离开医院。

不远处的她们目睹着一切，容姐从垃圾桶里掏出并摊开了那张被揉烂的化验单，叶薇凑近看，这个单子的主人纪念怀有身孕数月。

她们并不知孩子的父亲是谁，只知那人已有家室。

叶薇有种风雨欲来的不祥预感，再次恳求容姐将纪念的事也一并保密。

她恨纪念的针锋相对，她鄙视纪念表面装清高、背地骚浪贱，她看不惯纪念从头到脚每一个汗毛孔都散发出的自以为是，更厌恶她当小三这种破坏他人家庭的不齿行为。但她也害怕，害怕这个全世界最不配得到幸福的坏女人遭遇不幸，她害怕她会因纪念过得不好而心疼。

回家途中，叶薇在自己维护恶人种种秘密的罪行中自我挣扎。

她深知，容姐所讲是作为一个记者最基本的素养，也是作为一个公民遵纪守法、知情必报这样最起码的义务。

但在职业与法律之外，作为一个人，一个有血有肉有情感、头顶苍天脚立实地的人，"悲天悯人"四个字，难道不该是女娲创世造人之初，为区别于众生，赋予人类最本质的标签吗？又是何时开始，人类为生存下去，玩起了撕名牌的游戏，让"悲天悯人"成为尔虞我诈、相互厮杀背后标榜自己的附属品？

"我撕掉你的名牌是游戏规则，我的名牌保留到最后是实至名归。"

历史和规则向来由胜利一方书写，至尊王者才有权力大赦天下，人生赢家才有资格悲天悯人。而一个寻常百姓要做的，就是低头下跪，遵守规则，往上攀爬便是越权犯上。于是，规则内的他们，只有践踏那些原本高于自己的人，才能抢占道德制高点，来享受如获特权的嗜血满足感。

　　她回味着江楠那句："我喜爱这个世界上的很多人，但我并不爱这个世界。"

　　经此一事，叶薇的心结，反而豁然开朗地解开了：她抵触的并不是这个美好又操蛋的世界，她的厌世与负面情绪，源自她在做着自己不喜欢、不适合的工作，面对着自己逃避不了的人群是非。她自小热爱写作，但她所爱之事并非所写之八卦、猎奇、吹捧软文，当码字变成一种为果腹而做的谋生手段，当最爱变成一种令人作呕的折磨鞭笞，就如看着自己心爱的姑娘，一次次被禽兽轮奸却无能为力，只会令自己心智扭曲。

　　叶薇原以为，她毫无动力是因为纪念的百般刁难，但那一刻她突然意识到，她真正的敌人不是纪念，而是自己，是自己从未想要为之拼搏玩命，为之奉献一生。这两年的叶薇，与江楠本质上其实无异，都在被毒品腐蚀身心，捆绑灵魂。

　　她之前对夏蕾说："即使我能活到80岁，人生也只有960个月。如果剩下的600多个月，都不能在喜欢的人身边度过，那一生该有多悲哀啊！"

　　那么，如果剩下的600多个月，都要被自己不喜欢的事束缚，都要在委曲求全中混吃等死，都要为了每月几千块钱出卖自由，这样的一生又何止悲哀？

　　她不是一个合格的记者，她也压根没想过要达到及格线。

她要辞职，她要自由，她要追寻自己真正热爱的，她要将别人鄙夷的目光碾为齑粉，她要粉碎人生的平淡无奇，她要书写青春尾巴的华彩乐章。

她为自己所想的这些激动兴奋着，她很久没有过这股满腔热血的冲劲，她急需将这些开诚布公地摊开在自己最信任的人面前，她想到的第一个也是唯一一人有且只有沈澈。因为有沈澈在身边，她才有放弃天下的勇气和底气，她才不会在放弃后为一无所有而担忧，因为她有了防空洞、避风港。

当她兴冲冲地从车站狂奔到家时，发现屋子黑着，家里没人，杂物如出门前一样杂七杂八地躺在地板上，只有水龙头的嘀答声在静默中回应着心跳。她从傍晚到深夜，不间断地给沈澈打电话，电话那头始终是无人接听。

随后的几天里，沈澈凭空从人间蒸发。叶薇找遍所有他可能出现的地方，联系了所有他可能联系过的人，甚至去公安局报案失踪，但皆是杳无音信。绝望疲惫的叶薇，坐在小区里的健身器材上，任凭身边人来人往。

天空骤降暴雨，给城市的胭脂粉墨卸了妆。

小丑就着雨水，才敢将长年无休的微笑，抹成哭笑不得的内心潜台词。

玫瑰花就着雨水，才敢将表达爱意的热情头颅低下，谩骂着无知的人们将植物的生殖器割下招摇。

叶薇就着雨水，才敢在被人遗忘的城市一角，歇斯底里地大哭一场。

　　冲刷掉的面具会随着太阳升起再长出来，淹没掉的秘密会在水汽升腾之后浮现世间。

　　忽然，叶薇的脸上只剩泪水，眼前依然倾盆大雨，但她头顶的一方天空被遮住了。

因新版《神雕侠侣》的热播与被吐槽，老版《神雕侠侣》被观众翻出来奉为神物，尤其是李若彤所扮演的小龙女，表面高冷，内心却呆萌痴情。最经典的是有一段：

　　杨过："姑姑，如果你是郭芙，你会挑哪一个？"
　　小龙女："我挑你。"
　　杨过："我说如果你是她，你会挑大武呢还是小武？"
　　小龙女："我还是挑你。"

沈澈在网上看到这，便转身问叶薇："我和吴彦祖，你选谁？"

叶薇略加思索："你。"

沈澈得意地接着问："我和彭于晏，你选谁？"

叶薇毫不犹豫："彭于晏。"

沈澈："……"

叶薇："因为吴彦祖结婚了啊。"

沈澈："假设他没结婚，我和吴彦祖，你选谁？"

叶薇："当然肯定必须是，吴彦祖啊！"

沈澈："那，如果我和他都结婚了，你选谁？"

叶薇："傻瓜，你都结婚了，我还能选谁啊！"

沈澈一脸不解。

叶薇："除了我，你还能跟谁结婚啊？"

当然，这些打情骂俏都是在沈澈消失之前。

沈澈消失后的第五天，叶薇独坐倾盆大雨之中，突然有人撑伞为她挡雨，她抬头泪眼隐约看到沈澈模糊的脸庞，她不顾一切去拥抱那个身影。

回到家，冷静下来，叶薇才意识到，这并不是因日思夜想寻找而得的梦境。叶薇开口打破了两人久久的沉默不语，她问沈澈去哪儿了，为何不告而别，为何无缘无故无音信。

沈澈只敷衍说，家里有事。叶薇一再追问何事。沈澈连敷衍都觉疲惫，只说没事了。

叶薇宁愿他撒谎，宁愿他一如既往地找借口来欺骗自己。他若想，必连借口都讲得头头是道，可他不想，他连谎都懒得撒，连骗都觉得没必要。

沈澈没再做解释，只说去给叶薇泡姜汤驱寒。

他们没有争吵，对那段被上帝偷走的时间，也彼此默契地不闻不问。只是之后，两人除柴米油盐所需的必要交流以外，再无多余他言。由原本黏在一起的双棒冰棍，被大刀阔斧地劈开，成为不完整、不相干的两只。

冰面解冻必经时日，结冰只需一个昼夜。冷战若有开战时间记载，便是从那天开始。

事实证明，男人的通病是：拥有后便不再珍惜。女人的通病是：好了伤疤忘了疼；自以为坚强却戒不掉前男友的回心转意。重蹈覆辙，是悲剧的始作俑者。

夏蕾从台湾回来后，在叶薇家疗伤一段时间。夏蕾终日茶饭不思，叶薇和沈澈变着花样给她做好吃的，强迫她吃两口，但是吃着吃着，她的眼泪就滴答滴答到饭里，然后抽泣不止。那个男人还是会给她发信息，说着想要挽回的好听话，夏蕾说她无时无刻不想回头，但是她知道她再也回不去了。

因为这光景，叶薇与沈澈之间的冷战开始缓和，不提结婚，不提辞职，不提失恋，不提失踪，他们避开雷区，假装没有裂痕地吃喝玩乐，表面关系维持到之前的融洽。除了，沈澈总是心不在焉，经常需要躲避她，到角落偷偷摸摸打电话，或者一出门就是一整天，叶薇几次都忍住想看他手机的冲动。

几天后，夏蕾回家，剩下二人独处。

偶然间沈澈去洗澡，放客厅桌上的手机响起，她凑过去瞟了眼屏幕，呼叫者名叫 Rebecca。沈澈来不及把身上擦干净，围了条浴巾就跑来一把夺过手机，想要去厕所接听。

叶薇： "Rebecca？是之前网上跟你调情那个 Rebecca 吗？"

沈澈： "只是一个同学，跟我说申请博士的一些消息。"

叶薇： "申请博士？为什么你都没有告诉我？"

沈澈： "我想等申请下来了再说。"

叶薇： "你到底还有多少事情瞒着我？"

沈澈： "你该知道的我都说了。"

叶薇： "那不该知道的呢？"

沈澈没有理她进了厕所，锁上门。叶薇在门外敲门叫嚣。

沈澈猛地开门对叶薇怒吼： "别冠冕堂皇地把小心眼叫作在乎我！"

叶薇愣了许久： "不是我敏感多心，只是爱与不爱的差距有天壤之别。"

沈澈冲到房间，翻出叶薇生日时收到的匿名礼物盒子，把几百张电影 DVD 倾倒在地上，捡起原本放在最底层的一张自己刻录的光盘。

他把光盘扔到叶薇脸上： "你又有多少事情瞒着我？"

后来，叶薇看了那张光盘，如果被别人的表白感动也算背叛，那么泪如雨下的叶薇，的确没有资格质问沈澈。光盘内刻录了一段自己剪辑的视频，内容是各个电影中关于 "我爱你" 的表述，一共520部。

此事之后，他们之间的任何小事，都能成为引爆争吵的导火索。从饭菜咸淡，到忘了买电，从沈澈把叶薇看得眼泪蒙眬的电视剧换台成球赛，到睡觉时因叶薇开灯打蚊子把沈澈吵醒，从沈澈打游戏的声音影响到叶薇写稿子，到叶薇因沈澈晚归而一再逼问。

世界上通往幸福的路有很多条，但没听说吵架也算一种。吵架算哪门子沟通，能懂得的不言不语便胜过千言万语，不能理解的吵得再多、再长久、再费神费力、再口干舌燥、再轰轰烈烈、再惊天动地，也是枉然，也是鸡同鸭讲，也是对牛弹琴，也是无疾而终，也是不欢而散，也是两败俱伤。吵架不会平息怒火，只会使怨恨愈演愈烈。

是的，当一个人爱你的时候，你拉屎放屁打嗝对他来说，都是可爱的；当一个人不再爱你了，不管你是妩媚还是清纯，不管你涂脂抹粉还是素面朝天，他都会心生厌烦，不再关心。

而他们只有在争吵时，才能感觉对方还是爱着自己的，才能感觉被锯子割成的伤口不那么疼，才能感觉这段少了彼此的空白期，没有被他人朝两个反向拉扯走远，远到再也听不见对方的心碎声。

在公司举办的晚宴上，集团总裁韩志诚偕太太出席。虽然叶薇长脑子只是用来长身高的，但是对毫无用处的细枝末节，却能在惊鸿一瞥中念念不忘。所以，当她瞟见韩总佩戴的紫色斜纹领带时，确定一定以及肯定地坚信，她与这条领带定是有过一面之缘的。

女子："你果然还是戴了我送你的领带，这个款式和颜色跟我今天的衣服也很搭。"

韩志诚甩开那女子的手："这里人多。"

女子："人是太多了，连不该来的人都来了。哦，我还没有跟她打招呼呢。"女子转身却被韩志诚一把拽回来。

韩志诚努力扼住怒火："你到底要干什么！"

女子："我想要的早已说清了。"

韩志诚："我不可能离婚，更不可能跟你结婚，你醒醒吧！"

女子："我们的孩子终究要有个父亲的。"

韩志诚："孩子的父亲究竟是谁还不好说呢！"

女子冷笑："那就等我把他生出来，让他自己告诉你，还有你老婆。"

或许是天意，叶薇穿着磨脚的高跟鞋，随意走进一个无人的幽暗房间解放双脚。寂静之中，听见了隔壁房门虚掩内的对话。那女子虽一直背对叶薇，但她轻柔的声音、瘦高的线条，暴露了她就是纪念的身份。

叶薇忆起，她曾在被江楠粉丝泼油漆后，闯入纪念办公室，当时纪念正整理着一条紫色斜纹领带。她也瞬间通透了纪念能够空降担任大型杂志社主编的秘密。

人的野心，会随高度和温度的增长，而不断膨胀。得到稳定工作便想要升职加薪，挣了大钱便想要社会地位，有了完美爱人便想要结婚生子，然而纪念的野心远不止这些。

回溯高中午休时，叶薇与纪念一起在期末前复习地理。

叶薇在书上随手画着："我要冲破对流层、平流层、中间层，直达暖层，在距离地球表面 80 万米的高空，接受太阳光最直接的照射。"

纪念："那你靠近我就好，我就是会发光的太阳。"

叶薇抬头看着纪念，纪念看着窗外日光肆意。

叶薇看着自己书上被纪念标记的太阳图腾："你不是说我才是你的小太阳吗？一个天空上可容不下两个太阳，后羿该不干了。"

纪念笑笑："夜晚你守候我，白天换我罩着你。"

叶薇叹了口气："算了，太阳让给你。我还是默默做一颗启明星吧。"

纪念："启明星？"

叶薇："就是日出前，会有一颗小小的星星先出来，陪伴着太阳，直到光芒万丈。"

叶薇不是甘愿做配角、跑龙套的人，只是她太了解纪念，众星捧月都不会满足。纪念要做天上那独一无二的太阳，要做没有备选、非她不可的绝对主角，在她的剧本里，主角永远必须只有一个，连男主角都不需要。

纪念曾发过一条状态："林青霞的美貌、王菲的歌喉、李安的才华，大概鲜少有人会羡慕嫉妒恨，因为根本不在一个量级上。所以有人嫉妒你，还是你没有努力往上爬。站在山顶的人，是听不见山脚下市井小民的污言秽语的。也只有隔着一座山的高度，才能看清凡夫俗子只是大地的一部分。"

有一种人，她的野心是站上世界之巅，用下巴面对折服拜倒与羡慕嫉妒，将全世界的窃窃私语踩在脚下，将命运的生杀大权握在手中。哪个英雄手上不是沾满鲜血呢？就算路途中泥泞肮脏，遍体鳞伤，但站上山顶之时，定要仪态优雅。

只有居高临下的人，才有资格微微一笑，说"我不过是运气好。"

幸运儿的确存在，有些人生来便衣食无忧，集万千宠爱于一身。整间赌场都是他的资产，所以无论上桌时握有多少筹码，他都是永远不会输的人生赢家。然而有些人，天生并非上帝的宠儿，若想与人生赢家坐在同一赌桌上一较高低，必要付诸全部作为赌注。

所谓"幸运"，的确是强者的谦辞，是努力的代名词。但刮开幸运的开奖区，像"谢谢参与"一样概率普遍的，往往是血淋淋的牺牲。

纪念说完转身离开，进入大厅，如佩戴上面具，转瞬眉眼带笑，跟每个嘉宾寒暄。她来到韩志诚太太面前，烈焰红唇的嘴角张扬出最咄咄逼人的弧度，用似火热情、如钻光芒款待着正房，好似这是她的主场。韩太太并不多言，温和礼貌地应着，直到韩志诚回席，三人彬彬有礼地打趣。

人各有志，志各不同；或者，人各有命，富贵在天。叶薇眼见这一出好戏上演，却无法鼓掌或大笑，反而如看惊悚悬疑片，手心为纪念捏一把汗。

叶薇没有将这件事对任何人说，却不由得回忆起高中时与纪念在一起的点点滴滴。

沈澈："我不想听你说你的敏感、你的自卑、你的青春逝去，我喜欢听你说让你开心的事。"

除了沈澈，叶薇不知对谁还能像现在这样，两人喝着啤酒，看着雨后难得的星空，掏心掏肺地倾诉，但沈澈的反应令她大为吃惊。

叶薇："那你就拣你爱听的听吧，我也拣我想说的说。"

沈澈："你想说什么？"

叶薇干了一罐冰啤酒："我无话可说。"说完起身离开。

但是气不顺的她，马上又回来："我发现咱俩的谈话除了打情骂俏和争吵，好像也说不上什么精神层面的话了。"

沈澈的怒火也一触即发："如果你说的精神层面是带给我负能量的，那就不要跟我说。"

叶薇歇斯底里地大笑起来："是，这年头谈精神层面有点奢侈，可是那就是我灵魂的一部分。如果只能接受一半的我，只能喜欢表面的外壳，又何必来爱我？买个芭比娃娃好了，金发碧眼，温柔乖巧，比我漂亮，还没有负能量。"

沈澈开始不耐烦。

叶薇："我很任性，我脾气坏，我自尊心强到爆，如果有一天我不吵、不嚷、不哭、不闹，那就说明我对你彻底绝望了。你不爱听消极言论，不喜欢负能量的我，你只爱温柔听话傻笑仰视你的叶薇，只能拥有拥抱可以给予你温暖的积极乐观的叶薇，然后不喜欢的那部分就把它们统统扔掉，还烦躁地践踏否定，是吗？可是叶薇就是有她消极的时候啊，就是有需要人安安静静地倾听，不用安慰和理解，只要借只耳朵、借个肩膀的时候啊，就是有那一半，甚至多一半，她自己也无法控制的自己需要人来爱啊！"

叶薇借着酒疯口无遮拦地说着心里话，说着说着忍不住大哭起来，像个委屈的小孩等待着安抚。

沈澈："说够了吗？"

本以为眼泪可以换来个拥抱，得到的却是撕心裂肺、号啕大哭的时候，那个他若无其事，决绝离开，没有一点心疼。

他甩手离开，让她最后一丁点可怜而卑微的期望都破碎了。那奢求是，祈祷他回心转意，回头看看，这个跟在他身后不知所措的女生，早已泣不成声。

可惜，只剩可惜。两个人的缘分往往止于其中一个不再用心和在乎。

酒劲儿退去后，叶薇擦擦眼泪，埋葬掉自己所有的情绪，不断给沈澈打电话、发短信、到处找他，给他道歉，求他原谅，请他回来。

本以为走到尽头的爱情是得了癌症，尽管煎熬痛苦，但只要化疗除掉肿瘤，还尚存一息生机。原来缘尽的爱情，的确是被判了死刑，每一秒都在为失恋做倒计时，但并不是癌症，而是海洛因，让人麻醉、沉溺、依赖、习惯、离不开、戒不掉。

明知深陷毒潭，每一步都在奔赴万丈深渊，也无法摆脱，难以自拔。宁愿向死而生，宁愿舍弃尊严，宁愿跪在命运面前磕头作揖，只为享受片刻自欺欺人的幻觉，也不愿在没有爱情的世界里生不如死。

在卖百家姓钥匙链的摊子，一眼就能找到那个人名字的所有字眼，甚至都遍寻不到自己的。

　　因为以前做了太多疯狂任性又莽撞冲动的错事，导致飞蛾扑火般奋不顾身的付出和爱意都显得力不从心。

　　后来的日子里，争吵于他们如每天的家常便饭，两天一小吵，三天一大闹，每每都弄到不可开交的地步，才有回旋余地。而每次吵完架沈澈离开家后，叶薇又像这样到处寻找沈澈，哭着求他回来。

　　原本自尊心爆棚，从来不会跟男友道歉，永远高傲不低头的叶薇，变成一个在爱情面前卑微到尘埃的姑娘。

近来，叶薇经常失眠，难得入眠后又被噩梦惊醒。

梦里她回到童年，父母牵着她的手去游乐园，她坐在旋转木马上忍不住咧嘴大笑，父母在围栏外跟她招手。这是她能想到最美好的梦，因为父母出现在同一画面中，早已是十几年前的事了。然而好梦不久，狂风大作，天旋地转，转过几圈后，父母皆离席消失。游乐园骤变成荒无人烟的恐怖鬼城，幼小的叶薇被遗弃在里面，大哭大喊着"爸爸妈妈"，却始终孤零零的，遍寻不到……

她被噩梦吓醒后，摸摸枕头，竟真被泪水浸湿。丢魂失魄的她，转身看到呼呼大睡的沈澈，惊慌地从身后抱紧他。

儿时父母离婚，各自成家，她害怕被父母遗弃，却不得不独自长大。长大后，她想要一个家，她紧紧抓住一切，她愿用深入骨髓的自尊换一份安全感，她害怕再次被抛弃。

对于在逆来顺受与歇斯底里间无缝转换的叶薇，沈澈始终以无动于衷、一走了之的冷漠应对。到后来，没招的叶薇甚至以跳楼、割腕、吃安眠药威胁沈澈，求他别走。但她却悲哀地发现，女人可以利用威逼利诱将男人绑在身边，却无法强迫他来心疼自己。

越是害怕指尖沙流逝，越是握得紧，越是留不住。

叶薇和沈澈去后海遛弯，无端又争吵，沈澈又欲离去，将叶薇一个人丢在那里。叶薇吵吵着要跳河，引来无数大爷大妈的围观，沈澈冷冷回一句："有种你跳啊！"

只听"扑通"一声，叶薇二话不说，纵深一跃。

幸好当时有清理湖面水草的工作人员，把叶薇打捞上岸。她披着热心大妈给的毛巾，与沈澈坐在没人的小酒吧里，手脚冰凉，冻得哆嗦，沈澈坐到身边抱着她，她哽咽着对沈澈说"对不起"。

酒吧驻唱歌手弹着吉他，唱着五月天的《知足》，他们遗憾着那场没看成的五月天演唱会。

叶薇："有生之年，定要一起去看。"

沈澈点头，与她拉钩盖章。

张国荣之后再无张国荣，因为情怀不在。周杰伦、五月天之后再无他人，因为我们的青春不在了。

叶薇手拿新鲜出炉的《新浪潮》杂志，定睛在封面头条，惊愕颤抖着，冲进纪念办公室。

叶薇："你……"

她坐在办公桌前，背朝叶薇，脚跷在窗台上，面对窗外肆意阳光。当她缓缓转过身，露出真面目，叶薇手中的杂志滑落地面。只听"吧嗒"一声，那是随着杂志一起跌落的心摔碎的声音。

杂志封面上，电视报道中，网络铺天盖地的，都在讲一个人——江楠。《新浪潮》独家率先曝光了一众明星聚集江楠家聚众裸体吸毒的事件，以及江楠吸毒藏毒的证据，江楠等吸毒明星被警方一一逮捕。

叶薇迟疑："你为什么……坐在纪念的位子上？"

容姐淡定回应："从今天起，这是我的位子了。"

从叶薇那里得知消息后，容姐并没有如约留给江楠戒毒的时间，而是第一时间联系警方，独家跟踪调查，将吸毒明星一窝端，由于涉及人员囊括众多圈内最当红一线明星，好似将原子弹投掷到娱乐圈，引燃了年度舆论的毁灭性爆炸。而被逮捕的名单中，唯独没有星二代金少，报道也对他只字未提，被逮捕的明星，更加无人敢揭露金少。在这个拼爹的年代，有个在圈内是老大、在圈外与各界老大联手的星爹果然不是盖的，金少他爹与韩志诚私交甚好，在调查之前，他便早早收到风声。

时间回溯到数月前，容姐刚刚入住叶薇家，纪念得知此事，用升职机会与容姐做交换，将容姐收买，使其成为布在叶薇身边的一枚间谍棋子。容姐住在叶薇家，趁她不在时，帮她收拾整理屋子，在各个角落放置了隐匿的摄像头，同时搜查一切与江楠有关的证据，却遍寻不到。容姐将散落在沙发上的背包有序地挂在架子上，每个背包里都暗放了一个小的窃听器、跟踪器。

慈善晚会前每个人都整装待备，容姐细心为叶薇仅有的一双高跟鞋打了蜡，恰巧发现劣质的鞋跟与鞋底难舍难分，却若即若离。她用力一撅，竟将鞋跟掰掉，她用更加劣质的胶水把鞋跟再粘上。这一粘让叶薇踏上了定时炸弹，穿着鞋左拐右扭，也造就了红毯上轰动的两连摔。

晚会结束后，容姐坐上纪念的车，跟踪江楠与叶薇来到大学，通过窃听器录下了他们的对话，并从对面大楼偷拍下两人拥抱的瞬间，由此曝光了江楠的"黑历史"。

事实证明，这些摄像头、窃听器、跟踪器，曾让容姐成功地将出轨的老公捉奸在床，也让理工科出身的她在媒体行业走得顺风顺水。

此事一出，纪念出了所有风头，苏凡背了所有黑锅，看似暗度陈仓的容姐，却得到老板韩志诚眼前一亮的赏识。于是韩志诚跨过纪念，私下单独接见了容姐，让她追踪江楠这个报道的后续，而怀疑纪念与萧林风有奸情的韩志诚，更委任于她调查纪念的职责。容姐自然不是吃素的，她欣然接受了老板的任务，但交换条件是纪念的主编的位置。

不久之后，容姐摸清纪念与萧林风偷鲜的时间地点，埋伏在纪念家附近，在最恰当的时机用公共电话打给韩依依，让韩依依像当年的她一样亲眼看见才能死心。

后来萧林风被打手们暴揍致残，所有人都以为是老板娘的指示。的确是老板娘吩咐下属去做掉他，但推动多米诺骨牌的那个人却是老板，是韩志诚得知萧林风背叛了韩依依、纪念背叛了自己之后，用惩罚萧林风给纪念以警告。一个人被彻底摧毁的人生，只是另一个有权有势的人口中，轻描淡写一句"给他点颜色"而已。

老板娘对韩志诚与纪念之间的关系，早就心知肚明，放任不过是懒得管，毕竟纪念不是第一个，也不会是最后一个。老虎不发威也万万不能把她当成 hello kitty，纪念不但没有在萧林风的教训后有所收敛，反而愈加大胆地，不仅敢摸老虎屁股、打老虎脸、挠老虎胳肢窝，甚至还动了把老虎生吞活剥的念头。

于是，老板娘在得知容姐的本事后，也与她做了个交易，让她监视纪念，把纪念的一举一动随时向老板娘汇报。相对的，老板娘给容姐的升迁贺礼，是三环内一套公寓的首付，附带把容姐的女儿转学到最好的贵族学校。以后只要容姐一直为老板娘做事，那套房子的贷款和学校的学杂费自然会有人付。

都说公道自在人心，但是人心是最难参透、最说不准的。黑夜尚且有月光，可是人心若是黑暗起来，便是无底黑洞。

人心险恶，要流血流泪、有死有伤，才看得清楚，懂得透彻。

容姐没有走到叶薇身边，也没有站起来，但脚下却踩着碎成渣的叶薇的心，如同她踩着纪念的头爬到这里。

叶薇："那纪念怀孕……"

容姐默认已告知老板娘。

叶薇没给骂街留工夫，大脑第一意识蹦出来的是纪念会出事。

　　马路堵成不顺畅的马桶，每辆出租车里都坐满一脸便秘的乘客。高考前跑八百米都没合格的她，竟以博尔特冲刺的速度飞奔而去，用刘翔跨栏的标准姿势翻越车水马龙，像罗拉快跑一般不知疲倦。她穿梭于钢筋水泥的大厦楼宇，不断拨打着纪念的号码，却只有"暂时无法接通"响亮的警报回复。

　　高中时，叶薇也曾在同样的路段上，与纪念、萧林风这样满头大汗、携手狂奔，也曾用同样的毅力，在操场上拽着纪念的手向终点奔跑。

　　年少轻狂的时候，总以为路途遥遥无期，以为我们的友谊天长地久，因而用尽浑身解数去挥霍能量。长大后依然觉得路途遥远，目的地可望而不可即，只是曾经相互依偎的战友，如今散落天涯，独留孑然一身的自己在路上。

　　为什么我们明明知道终点在何方，却无能为力呢？

　　当时的我们只顾着拼命奔跑，告诫彼此咬牙向前别回头，就连十指紧扣的手松开了都来不及留意。于是某一天，我们到了最初想要到达的目标时，停下脚步，蓦然回首，听不到任何掌声，发现最想与之庆祝的朋友早已不在身边。我们都断了退路，没有回旋与后退的余地，便只能一往无前地继续行进，以势不可当的姿态叹息扼腕，说声"无能为力"，安慰自己"失去就是成长味道"，而后渐行渐远。

　　当你再次向终点进发时才懂，原来终点不是到不了，而是回不去。

　　即使地球是圆的，即使我们拼命奔跑，都再也无法在直线的比赛中回到起点，再也无法紧紧握住彼此的手，信誓旦旦地唱出："路途遥远我们在一起吧！"

我拿着往返的票根，却没有回程的列车。

青春最残忍，是把至爱变成陌路人。

而你最残忍，是当初害羞脸红一抹善意的微笑，是后来刻骨铭心一个无意的转身。

叶薇赶到高中时纪念的家，如野兽般喘着粗气、砸着门，开门的却是一个陌生人。她不管三七二十一就冲进去，大喊着找寻纪念。开门的男主人也惊呆了，叶薇才被告知纪念早已搬家，这房子是几年前从纪念母亲手里买过来的。

叶薇要过远在美国的纪念母亲的电话，纪念母亲几年未回国，与纪念许久未联系，搬离家后纪念租的都是豪华公寓，却一直居无定所，她上次回国时纪念正准备搬家，也不知纪念现在身在何处。叶薇并未对她讲纪念险境的实情，纪念母亲给了叶薇一个纪念的电话号码，然而大概她并不知道，那个空号纪念早已不再使用。

站在大街上，眩晕缺氧而不知何去何从的叶薇，翻看着手机里一切与纪念有关的线索。她翻到纪念发过的一条微博，定位于某高档公寓小区。她检索回忆，记得那是叶薇与萧林风、纪念曾放学去吃甜品后途经而让纪念驻足的那片高档公寓小区。

"好像城堡！"纪念看着那个冷冰冰的建筑物，眼中却燃烧着炽热的火焰，"我以后挣钱了一定要买下这里的房子。"

"可是你家住的也是高档公寓啊！"叶薇也仰望着这座城堡。

"这里才会是我纪念以后的家！"

叶薇永远忘不掉纪念那种眼神，那种让人又害怕又心疼的眼神，那种充满执意的野心和欲望的眼神。

当叶薇赶到那里时，发现那座气质高贵的华丽城堡前，那偌大的黑色雕花铁门前，围着一群凑热闹的观众，她扒开人群，看见一摊血泊中躺着昏迷不醒的纪念。

CBD 有最行色匆匆的人群，西单有最拥挤抢购的队伍，东方新天地有最让人可望而不可即的价格，及最挥金如土、不必看价格的土豪、明星、富二代、小三、煤老板。

而 CBD 林立的写字楼后，西单大悦城对面的街巷里，东方新天地旁边的步行街边，也永远有着几块钱的酸辣粉、掉渣饼，以及在垃圾桶里捡吃剩下烤串的乞丐。

有人花 200 块钱买 2000 元的包，有人花 2000 元买两万的包，有人买一仓库全球限量版的顶级皮包都不用眨眼。世界上从来没有哪座城市，可与北京的包容度相比拟。

这里是天堂，是富人的天堂，也是穷人的天堂，但对于那些挣扎着、渴望着成为富人的穷人，却是比炼狱还水深火热的人间。人因有了奢望而坠入无间地狱。

这个世界上，所有的梦想都是明码标价的。

有人用良心交换地位，有人用身体交换名利，有人用自尊心交换安全感，有人用感情交换全力以赴向成功奔跑的后顾无忧。梦想的价签标注昂贵，砝码抵押相应沉重，是否等价交换每人心中自有一把秤去衡量。

　　然而所有能明码标价的梦想，所有必须出卖灵魂的梦想，其实都只是你的野心和欲望。

高中有一段时间，北京某种流感肆意爆发，每天进校和午休都要测体温，温度过线的人一律隔离，遣送回家。自从叶薇学校被曝光出有人感染后，从老师到家长都人心惶惶，然而对于学生们却是喜闻乐见，因为发烧就代表可以正大光明地逃课，可以在三年都背负高考的压力下，偷来难得的喘息闲适。

眼看着叶薇的同班同学，如多米诺骨牌般一个个倒下，每个人眼中都一副"你丫撞大运"的羡慕神情，目送"中奖英雄"被家长接走，唯独纪念脸上隐隐浮现不安。

你越觊觎的便越不可得，越害怕的便迟早降临。

于是，本就身体单薄瘦弱的纪念也光荣地发烧了。老师让她给家长打电话来接，她执拗不肯，称家长工作太过忙碌。老师打给爸爸，爸爸在国外出差，打给妈妈，妈妈在开会没有接。

为了不影响其他同学，学校把纪念隔离在医务室。年级体育大课，叶薇翘了课，偷偷去医务室探望纪念。纪念躺在病床上，浑身滚烫，意识昏迷，但她知道叶薇来看她，便紧紧握住叶薇的手。

时隔多年，在急救车中浑身是血、生命垂危的纪念，如同当年一样，紧紧握住叶薇的手。她戴着氧气罩，没有力气说出整句话，却还是尽力想说什么，叶薇靠近了，才听见纪念反复念着"别走"。

卡尔维诺说过："死亡是，你加上这个世界再减去你。"

人们不愿承认自己贪生怕死，然而在死神面前却无不折服求饶，大概也是出于害怕，害怕被忘记，害怕被抹去存在于这个世界上的痕迹。

纪念被送到医院抢救，虽然小命捡回来了，可孩子早已保不住，并且她这辈子都不会再有孩子了。

手术后的那些天，叶薇在医院，没日没夜、时刻不离地守候在纪念身边，好像照顾一个初生婴儿。曾经被鲜花称赞亲爱的包围的纪念，没有家人和朋友来看望，韩志诚也对她不闻不问。

叶薇大概因为过度劳累，没有休息，肠胃不适，时而呕吐，甚至晕倒。但就算是油盐难进，她为了让纪念喝些粥补充营养，也强迫自己硬着头皮吃饭。

那天午后，阳光淡淡抚摸着纪念的脸庞，为她毫无血色的皮肤注入一针玻尿酸。术后再未开口的她，突然对叶薇讲起她的家人。

　　纪念家庭条件本身就很好，父母都是做生意的，但是感情貌合神离，借口奔忙工作而整天不在家，实则各有各自的生活，唯独纪念卡在中间，无从逃避。一次妈妈不在家，爸爸不知纪念生病没上学，偷偷把外面的情人带回家亲热，这一幕被幼小的纪念撞见，她只得一直躲进大衣柜不敢出声。

　　高中那个寒假，父母正式协议离婚。不久后，父亲带纪念与怀孕后即将临盆与扶正的小三见面吃饭。不知是天意抑或人为，下楼梯时纪念不小心脚滑，恰恰把走在她前面的小三推倒，小三连滚带爬跌下高高楼梯，当场流产。如今躺在病床上的纪念，冷笑着说，此情此景的自己，大概也是因果报应。

　　惊慌失措的纪念仓皇逃跑，却不知能跑向何处。她打电话给叶薇，叶薇却一直处于关机状态。无数车辆穿梭于城市，无数窗口点亮着温暖，无数人擦肩而过给予一个眼神的交流，可是没有一处路过是她的归宿。她只得一个人在冰天雪地的马路旁，如孤魂野鬼一般游荡。

　　这时，纪念的手机响起来，回应着她的呼救声。电话那头是萧林风焦急的声音，他因与叶薇吵架联系不上她，而打给纪念。但是电话一接通，便听见纪念波涛汹涌的抽泣，不管萧林风怎么询问，纪念只能用哭声回答，她要如何诉说那些无法说出口的话呢？

　　萧林风得知纪念所在位置，火急火燎地赶去。对于那时那个无助的纪念而言，萧林风大概就是骑着白马前来营救她的王子，就是唯一安全可以信任、可以让她躲避的防空洞。因此纪念说，萧林风其实也是她的初恋。

　　纪念之前与萧林风并不熟悉，但奇怪的是，我们总习惯对给予我们一丝帮助的陌生人，产生强烈的依赖感，甚至胜过最亲密的朋友。出于那种莫名其妙却极具吸附力的依赖感，纪念对萧林风诉说衷肠，把从头到尾，从小到大，从家里到学校，从看到父亲出轨到自己暗恋的第一个男生，把不曾对外人道的全部的全部，都一五一十地讲给这个陌生人听，并一再提醒他千万不要告诉叶薇。

　　说起来，萧林风也算是不错的情人选择，他不但懂得在女生最脆弱的时候乘虚而入，更懂得在此时无须花言巧语和大道理，只需一个坚实的肩膀和一个温暖的拥抱。

　　于是，纪念就是那个假期与萧林风在一起的，也是在那个假期与叶薇出现嫌隙裂痕的。

　　"我恨你啊，真 TMD 恨你！恨你当时不接我电话，恨你整个寒假都没搭理我，恨在我最无助最脆弱的时候，陪在身边的人不是你！"纪念眼泛泪光，"如果当时你接了我的电话，会不会我们的人生都不一样？"

　　之前看到商店售卖一种昙花沐浴液，鲜少有人购买，且因将近期限而大打折扣。昙花一现，这般短暂，又怎能产生大量提取物，而制成廉价商品呢？

　　人和人之间的情分也大抵如此。

　　真情难得，你对我好得太过剩，你一定是对我有所企图，要不就是顶着一张虚伪面具，在我面前扮演大好人。待人太好，善心泛滥，便是廉价商品；掏心掏肺，迁就忍让，就是理所当然。

然后，一句无心之言，或半天沉默寡言，或一时忍耐有限，或晚归宿舍一小时，或一个假期不及时的关心，或一通阴差阳错没接成的电话，就成了万恶不赦的千古罪人，就该遭千刀万剐、受万夫所指。

一年相濡以沫，四年朝夕相对，或十载共度春秋，感情崩裂碎成渣，不过随手一摔而已。摔碎着地的瞬间烟消云散，徒留不共戴天的仇恨氤氲心间。

人和人之间的情分脆弱廉价，大抵如此。

纪念："只要我想要，全世界都能被我拥有，为什么却偏偏嫉妒你手里握着的呢？"

王菲那首《匆匆那年》里唱道：

> 如果过去还值得眷恋，
> 别太快冰释前嫌。
> 谁甘心就这样，
> 彼此无挂也无牵。
> 我们要互相亏欠，
> 我们要藕断丝连。

如果这首歌必须唱给一个人听，叶薇很不情愿承认，那个人恐怕只有纪念。

正如纪念坦言："我希望你过得好，至少不要太落魄，但也不能过得比我好。因为你就是这个世界上的另一个我啊。"

若说相杀只因曾经相爱，相爱也必要相杀才迷人。

那天，纪念与叶薇从午后聊到夕阳西下，大多都是纪念在说，叶薇在听，纪念好似要把这辈子都说尽一般。最后，她提到苏凡。

当时苏凡暗恋过十几年的女孩来公司楼下找他，是因为女孩遭到丈夫家暴，离家出走。但她在这个城市无依无靠，没有熟人，只得来找苏凡。苏凡只得让她暂时住在家里，并帮她找律师、找工作、找地方住。

纪念与萧林风的事情曝光后，苏凡碰巧救了差点被打的纪念，并一直保护纪念，因此走得近。纪念也借机让叶薇与苏凡误会加重。之前纪念给苏凡升迁的机会，调职到南方做主管，要养家糊口和供妹妹上大学的苏凡的确急需如此良机，但当时正值他与叶薇关系最好的时候，他犹豫了一下还是拒绝了。

叶薇和沈澈复合后，苏凡答应了调职。纪念拿出一个新款手机，递给苏凡，说升职的交换条件是苏凡的手机，以及不许他再联系叶薇。纪念把苏凡手机交给叶薇，她开机后看到短信草稿箱里，有很多苏凡写给叶薇的话，但是没有发出去。

我们聊着工作琐事过往，说着抱歉感谢哈哈哈，有一搭无一搭地闲扯淡，把表情都掏空了，但真正想说的话，却只能偷偷埋在夜半时分的无人之境。

趁纪念熟睡，叶薇来到公司递交辞呈，之前多次虚张声势，但这次是义无反顾地下定了决心。

容姐身着一身 Armani 女士西装，坐在属于她的位置上，百般解释，希望叶薇能留下来帮她共创江山，并承诺会提升叶薇为副主编。

叶薇冷笑："原以为我恨透了纪念的虚伪面孔，但那天当我看见你坐在这里才发现，我不应该恨她，因为我看到了比她更可怕的嘴脸。"

容姐第一次在叶薇面前如此激动："这不是背叛，也不是自私，而是现实。我没有条件和资格活得像你那么天真烂漫、理想主义，我的出身，我的薪水，我的房租，我每天一睁眼压在肩上的开销，我的负债累累，我为了让我女儿不再住在有老鼠的地下室，为了让她跟这个城市的其他孩子一样平起平坐，为了让她有最好的生活条件，还有我决心在这个无数人削尖了脑袋想挤进来的城市立足，甚至有属于自己的一番天地的可怜奢望，这些决定了，我必须现实。而现实就是，不踩着别人的脑袋往上爬，掉进万丈深渊的那个人就会是我！"

叶薇："所以为了生存，为了往上爬，连杀人都不用眨眼吗？"

容姐："我没有杀任何人，都是自作孽不可活。江楠自己选择了吸毒，萧林风自己选择了出轨，纪念自己选择了做小三。"

叶薇："那纪念的孩子呢？"

容姐沉默了一会儿："她的孩子不是我杀的，也不是老板娘杀的，而是孩子的爸爸，是韩志诚容不得他活。"

叶薇这才明白，是老板娘得知纪念怀孕后，询问韩志诚怎样处置这个孩子。韩志诚当时正在书房处理集团业务，头都没抬，只说了句："不该存在的，就让他消失。"韩志诚办公桌上摆着他们一家三口幸福美满的全家福。

"所以，还有比死更糟糕的吗？"容姐桌上摆着她和女儿开怀大笑的合影，"有啊，不能死，不配死。"

叶薇离开前，容姐对她说："让自己有利用价值，才能与被利用抗争。"

的确，一无所有的人，所说的任何话，都无法作为与世界叫嚣对峙中的呈堂证供。

终其一生，蜉蝣于世。我们这些无依无靠的人，或许都只是孤军奋战，背后无法像他人一样拔地而起一座泰山，或者根深蒂固地生长出参天大树。

所以只能、必须、不得不，让自己拥有能够与山川平坐的高度，与大树抗衡的力量。以前年少，总坚持着要爬上山顶一探究竟。以后的人生山高水长，不再盲目愚钝地爬山，也不再天真烂漫地相信所有付出都对应着回报。

所以只能、必须、不得不，拥有劈开命运、劈开挡在面前的山川河流的勇气。

梦想都是明码标价的。

谈梦想多虚伪、多奢望、多不切实际，我们这些无依无靠的人，有的只是野心罢了——活下去还要活得好的野心。

在自私这件事上任何人都不吝啬。

待好人真心，待自己狠心。

野心有多大，舞台就有多大。

叶薇最后收拾办公桌时，拿着苏凡送给她的微观苔藓生态瓶，里面的小女孩依旧满脸笑意地凝望她，桌前的便利贴上依旧写着苏凡发给她的话。

"如果无法改变沙漠的恶劣环境，至少还有草原能够奔跑，还有森林能够栖息。"

她把这些都装进盒子，还有与苏凡在一起的回忆。

当天恰逢大热的《新浪潮》新一期出刊，同事们都忙得焦头烂额，无心欢送如空气一般的存在。叶薇看到新一期杂志封面，头条再次被入狱的江楠包揽，除了明星吸毒事件的后续，还有江楠与众多女星的艳照泄露。很多被大佬捧红的女星牵涉其中，大佬们纷纷撂狠话，要干掉江楠，监狱一时间竟成为他最安全保险的去处。

而这众多艳照女主角中，有一个是叶薇最熟悉的——纪念。

叶薇急匆匆赶回医院，却发现病房空空荡荡，纪念已办理出院手续，悄然离开。接着，纪念的手机变成空号，豪宅转手出售，所有社交网络账号注销，好似人间蒸发，好似从未存在，徒留临走前的最后几句话。

"你知道人最可怕的是什么？不是阴险毒辣，而是狠心。总有一天，我会把这些背后使的坏、这些明枪暗箭，变本加厉地返还给他，正大光明地让他粉身碎骨。"

纪念是说给叶薇听的，也是说给自己的。

生命像电影一般有起承转合，却不像电影有开头结尾。一个生命来到世界之前、离开世界之后，都发生太多太多故事，难以言说也无法掌控。正是如此，每一个生命才会用力再用力，抓住那一丝丝活着的希望，才会拼命再拼命，踩着别人的头顶往上爬。因为每个人都想要书写自己人生的剧本，因为每个人都害怕被抹去存在于这个世界上的痕迹。

之前叶薇在医院呕吐昏倒，便在医院输液，顺便做了检查。不久之后，她去取检查结果，却得知自己已经怀孕。

欣喜与惊慌交织，她原本琢磨着，回家后要如何告知沈澈，是把自己包装成大礼物，在肚子上贴着买一送一，还是用他俩的照片合成一下，再把小孩的样子 PS 在两人合影中间。

就在她脑洞大开时，接到一名陌生女子的电话，约她见面，这个人自称是沈澈的妻子。

当手机有 30% 电量时，你不甘心；不到 20% 时，你没安全感；只剩 10% 时，你舍不得。感情同理可证。

叶薇独自瘫坐在咖啡厅硬椅上，任凭只剩 10% 电量的手机在口袋内叫嚣。回想着刚刚离开的女子那一席话，她叫 Rebecca，中文名为郝梦，身高体重都是 155，穿 80E 内衣的美籍华裔，是当时和沈澈在网上暧昧的对象，也是沈澈名正言顺的妻子。

Rebecca 从小在美国长大，母亲是沈澈就读大学的教授，继父是大型公司高管。她与沈澈于朋友聚会上相识，并被沈澈的好皮囊吸引。

沈澈得知 Rebecca 的身份背景后，对她百般照顾。她生病，沈澈守候身边；她失眠，沈澈熬夜陪她煲电话粥；她考试论文写不完，沈澈不眠不休帮她赶制；她半夜发一条想吃炸鸡的状态，沈澈便跑遍全城买来送到门口。

Rebecca 不仅对沈澈有好感，而且逐渐地对他产生依赖，主动追求他，沈澈却一直态度暧昧不清。的确，沈澈想排解异国他乡的孤独，想套近乎，想考博士，更想拿身份，可是他不想跟这个女人在一起，因为他是外貌协会的，也因为他当时有叶薇。

后来，沈澈和叶薇吵架连绵不休，情绪低落，Rebecca 便送货上门，自带啤酒去安慰他。有时候，人并不是醉酒，也不是借酒消愁，而是拿酒壮胆，做平时不敢做的事，爱平时爱不上的人。那次酒后乱性打开全新局面，他们自然而然开始同居，沈澈也顺势与叶薇分手。

沈澈去美国之前，做官的父亲已经得到内部消息，察觉出自己被调查。所以沈澈以留学为借口，去国外先行探路，并逐渐将父母存款转移国外。其父并未有所收敛，毕竟那时的中国，人情关系网远比法律制裁要管用，但对于他们来说，国内始终存在安全隐患，沈澈必须移民美国。

天有不测风云，晓静父亲因贪污受贿被查，而行贿方之一正是沈澈的父亲。走投无路的沈澈，只能指望 Rebecca，她的高管继父一通越洋电话，打到公司中国区总裁那里，总裁再一通电话，打到当地政府管事人处，沈澈父亲第二天便被释放。让沈澈一家寝食难安的事，竟被几通电话分分钟搞定。

沈澈为了留在美国，与 Rebecca 结婚，手握临时绿卡，两年后便可如愿以偿拿到正式美国绿卡。同时，Rebecca 母亲同意招收沈澈作为博士生。郝梦 Rebecca，也是沈澈一场美国好梦的造梦者。

然而，好梦不长，掌握沈澈命脉的 Rebecca，深知沈澈离不开她，由天性中的奔放骄纵，解放出婚后的霸道蛮横。沈澈面对这块 155 斤的正方形肥肉，心里想抽一万个巴掌，嘴上只能满脸笑意道歉忍让。不久之后，Rebecca 怀孕了，全家都在欢呼雀跃，只有沈澈觉得是晴天霹雳，他心里清楚是 Rebecca 欺骗他，故意没吃避孕药。

祸不单行，恰逢此时，沈澈从小到大最好的哥们儿——阿杰去世了。沈澈连夜飞回老家，奔赴阿杰葬礼，也逃避着偏离轨道的"好梦"。不料与叶薇的重逢，让他情难自抑，追随叶薇回到北京。

冷静理智到几乎冷血无情的沈澈，竟然也有被爱情冲昏头脑的时候，甚至那时的他想要放弃他的美国梦，把所有的牺牲推倒重来——如果命运赐予他重新来过的机会。

沈澈与叶薇过了一段神仙眷侣般的二人世界，好似他们真可不顾现实残酷、不为梦想拼命，就这样无忧无虑生活在爱情桃花源中。直到 Rebecca 产下一女之后，直奔北京来找沈澈，甚至以自杀威胁。沈澈在病床前照顾她，因此才消失几天，没有音讯。Rebecca 从小没有父亲保护和照顾，不希望自己的孩子生下来就没有父亲。

Rebecca 的到来，戳破了沈澈沉溺的缺氧气泡，强氧输出让得意忘形的他瞬间清醒幻灭，打回原形。他不能让即将成真的美梦付之东流，不能眼见一砖一瓦堆砌的城堡轰然坍圮。

　　叶薇独自瘫坐在家里沙发上，身旁是沈澈所有的行李，手机电量终于消耗殆尽，不再喧闹哗然。

　　风雨欲来的窗外，雷神怒吼，树上枝头的麻雀，也跟着叽叽喳喳，像七大姑八大姨一样喋喋不休，不得安宁。阴沉乌云像给陆地封了盖，翻云覆雨的那双手还在不断抽真空，气压低到让人窒息。

　　买了比萨的沈澈，一开门就抱怨着叶薇一下午都不接电话。紧接着才发现，自己的行李都被收拾打包，一脸"几个意思"的纳闷。

　　叶薇平静地说："我见 Rebecca 了。"

　　天空骤然一闪，许久之后，雷神才千里迢迢赶赴，与麻雀一道观赏这出好戏。

　　沈澈的脸升级成"What the fuck"的扭曲。

　　叶薇淡定地继续："该知道的，不该知道的，我都知道了。"

　　沈澈的大脑在雷劈后不久，竟能高速运转，解释得头头是道。窗外的麻雀吵吵着，因听不见他的辩词而干着急，但就连不知所云都足以被表现力所打动。

　　于是，便诞生以上糅杂了 Rebecca 像小狗撒尿般宣告主权的陈述，以及沈澈总统竞演般真诚无比的辩解。

　　叶薇像年久失修的机器，打断了沈澈神采飞扬的演说，只顺着超长反射弧自顾自地运转着："离婚，现在，就当什么都没发生。"

　　你很难想象，这话是从叶薇——一个感情洁癖癌症晚期患者——嘴里说出的。曾经，一句话不对付，就掀桌走人砸酒瓶的她，男友跟别人说几句暧昧言语，都一股要着刀要把他裸体切割阉成太监的她。现在，竟可妥协一切，竟可当一切都没发生。

狗急跳墙，兔子急了咬人，人素日牛 X 惯了，跳墙咬人都成寻常。你装大爷，瞧不起装三孙子的，也只是你还没被逼到那份儿上。

沈澈："我做不到。至少现在不行，等我两年，等我拿到正式绿卡。"

叶薇："拿了绿卡，就马上离婚，是吗？"

沈澈思索了一会儿，又答得滴水不漏："我不能保证，我不知道两年内会有什么变数。"

叶薇理解甚至赞许地点着头，她的冷静让沈澈慌神。

叶薇："我只问你最后一句，相比于你的未来、你的野心、你的绿卡、你的美国梦，我算什么？"

沈澈迟疑许久，久到一个世纪都像稍纵即逝，却放弃辩护，只轻描淡写说了句："我不知道。"

又过了一个世纪，叶薇猛然拎起沈澈的行李，朝着窗外狂风暴雨扔了出去，崩溃地大喊一声："滚！"

伴随着这声歇斯底里超分贝的嘶吼，沈澈从她的世界彻底消失，她终于逃出恶性循环、重蹈覆辙的怪圈，也终于为所有开心不开心的曾经，画上了一个实实在在的句号。

我们总希望看到王子公主幸福快乐地生活在一起，有情人都能苦尽甘来、终成眷属，可是现实往往在屏幕上打下几个字："他和她此生不复相见"，命中注定从此与他们无关。

其实一年前的那次分离，或者说自打沈澈下定决心留在美国，已经注定了他们此生有缘无分，即便是久别重逢的短暂相聚。他们不过误把怀念当作原谅，误把软弱当作成长。

叶薇直到后来还在执念："我从不轻易认输，但是时间打败了我们，她打败了我。"

但她不懂，他们的感情走到最后，就像一个灌满了气却还源源不断充气的气球，两个人都清楚这个气球即将爆炸，却不知何时是最后一下，每一次争吵都歇斯底里，每一次告别都像是永别。

两个人都以一种死囚等待枪决的心情，胆战心惊地等待气球爆炸，渴望解脱却又都贪恋不舍，深知感情早已气数耗尽，却抱着苟延残喘的侥幸心理，祈祷命运再多宽恕一秒。而那个来扮演反面角色的女人，不过是刚好给了气球爆炸痛快的最后一口气，奄奄一息的爱情终究还是幻灭在自己手里。

不过他们当时不懂，时过境迁之后，懂了也再无意义。

他们的感情只是难舍难分，他的未来和她的自尊却是融入骨髓，成为支撑着一路走来屹立不倒的脊梁。我们可以携带伤口前行，却无法软塌塌地匍匐，所以真正刻骨铭心的，只是自己不值一提的付出和承受。

假如没有那个女人，假如沈澈不去美国，假如叶薇当初没有与他争吵不断，假如他们不曾相爱，假如一切退回原点，会不会命运的轨迹有所不同？可是，没有假如。可惜，没有假如。

毕竟，青春终究是用来陪葬的。我们祭奠着逝去的爱情、友情、岁月和曾经幼稚傻气的自己，把它们深埋梧桐树下，等来年抽枝发芽，成长出一个更好的我们。

所以，空气中仿佛回荡着叶薇的独白。

她说："这个人，他曾是我的春夏秋冬、我的昼夜晨昏、我的如风青春、我的似水流年、我的天长地久和矢志不渝，他是我所有回忆都烙印着的标记。然而今天，我却不得不离开他，不得不将他存在我身体的一部分永远割舍掉，此生此世，形同陌路。"

她也说："告别眼泪，告别重蹈覆辙，告别庸人自扰，告别自我摧毁，告别为爱痴狂，告别独自挨到天亮的日子，告别不愿接受长大的事实，告别舍不得忘不掉逃不开，告别因为踽踽独行落落寡合黯然神伤，告别在每一个没有你的日子里怀念你。"

故事，无非由悲到喜，或者由喜到悲。但生活，就是故事之后还有故事。

叶薇坐在医院走廊排队，等待死神将肚中沈澈残留的最后的孽缘清除带走。她左边坐了一个杀马特少女，戴着发烧友级别的头戴式耳机，摇滚重金属的巨大声响周围人能听得一清二楚。她嚼着口香糖，吹着比她脸还大的泡泡，破碎时像是心脏被戳破，然后她看向右边，嘲笑着吓了一跳的叶薇。

杀马特少女摘下耳机挂脖子上，跟叶薇侃起来："第一次？进去后，医生就是拿镊子、钳子伸进你下面，在里面搅和一下，绞碎了取出一个肉疙瘩，随着血哗啦哗啦流，跟来大姨妈似的，那玩意儿就没了。痛快痛快，不痛不快，痛一下就快乐了……"

叶薇听着少女意犹未尽的轻松讲述，想象着鲜血淋淋的画面，她闻见一股血腥味，忽然想起纪念倒在血泊里的情景，也想起纪念紧紧攥住她的手那般用力。

护士打断了叶薇的臆想，轮到她进去。这时，叶薇接到妈妈打来的电话，得知姥姥病危。她想都没想就颠儿了，徒留傻眼的护士，和以为被自己吓到逃跑而沾沾自喜的杀马特少女。

护士让少女进去，少女慢悠悠站起来，伸着懒腰、打着哈欠，说自己只是在等对面诊室的人，然后戴上耳机也走了。

姥姥进了急诊室，虽然抢救过来，却再次进入 ICU。叶薇每天去医院守候值班，姥姥醒后，叶薇每天换着样给她煲营养汤。

一天，叶薇买了条鱼，准备给姥姥炖豆腐鱼汤。切开鱼肚子后，她腿都软了，看见一肚子的鱼子。从那天后，叶薇再没吃过肉。

不久后，姥姥回家，又过不久便离世，走的时候家人都在身旁。就连与妈妈离婚多年、不便到场的爸爸，也通过叶薇发来问候。

本以为姥姥归真后，她会情难抑制，号啕大哭，却不想因忙碌后事而忘了哭。她去礼拜寺看姥姥最后一眼，看到骨瘦如柴的姥姥直直地躺在那里，她在出殡那天看着众人护送，看着姥姥被清洗后被装棺抬走，她在墓地看着阿訇把姥姥用白布包裹，看着她入土下葬，看着所有人下跪祈祷、听着阿訇念经，看着狂风把尘土扬起，看着尘土一层层掩埋她的天空。她静默地看着一切，却近乎冷血无情地没有掉一滴眼泪。

姥姥走后一周，某个夜晚，叶薇独自躲在被子里，想起童年时光，想起那些与姥姥相互依赖的日子，想到姥姥将一个人孤零零地长存地下，想到她最幸福美好的岁月也随之消逝，想到此生再也无法见到这个世上最疼爱她的人，她突然情难抑制，号啕大哭。

这是她记忆中，这辈子最后一次流眼泪。

生死有命，富贵在天。世间万物，皆有气数。

而后，叶薇安慰地想着，姥姥只是气数耗尽，两次急救都被死神几乎拖入大门，却一次又一次被挽回，如此这般，已是无上善报。

姥姥走的时候虽然安详平静，但之前一段时间却大小便失禁，只出不入，据说人死之前要把体内排尽，才可走得干干净净。就在离世前一两天，姥姥发高烧，喘不上气，无法发声，眼神弥散，似灵魂出窍游荡状态，且时常抽搐。抽搐时家人便拉住她的手，用力呼唤她。她口中反复念叨着古兰经文，虽已无力动弹，却有巨大的力气紧紧攥住旁人的手。

回想起来，叶薇感觉那手握的力度似曾相识。之后经历种种，但每当想起那熟悉的握紧抓住，她便蓦然伤悲，也会咬牙再坚持一下。

委屈的时候，把咬碎的牙和成渣的心一起嚼一嚼，在雨天就着凉面咽下去，然后擦擦嘴角和眼角，精心装扮，抬头挺胸，出门见人。

胃里翻江倒海的时候，抠着嗓子眼，必须让自己吐。就像难过的时候，抽着嘴巴说必须忘掉他。

叶薇曾经问容姐："用什么方法可以彻底忘记一个人？"

容姐："刚离开他时，我没有一分一秒不想回头去找他。但当我为了生计，为了省一块钱在菜市场里跟人讨价还价，为了应付生活里杂乱如麻的琐事，忙得焦头烂额，然后有一天我突然意识到，我根本记不起来他的音容笑貌了。不是遗忘，而是没工夫想起。"

有忘不了的情，没有离不开的人。

都说不能在机场等一艘船，就像不能在你的世界里等他。

辞掉工作，告别爱情，失去亲人，短短一个月内，叶薇的人生跌落谷底。但是在谷底的人，无论往何处爬，都是走上坡路。

找工作一再碰壁时，她似乎才稍微理解些许容姐的所作所为。

生之艰难，是不能死。

经历种种不幸之后，幸运竟接踵而至。恰巧以前的同事小菲，跳槽到新兴的文艺网站做编辑，负责的情感专栏需要大量小说做填充。她找到文字好手叶薇，让叶薇帮忙写连载小说，并给予微薄却足以支撑叶薇过活一段时日的稿费。为了苟活，为了让自己忙起来，叶薇感恩戴德地同意了。

有时候我们生命中缺少男主角或女主角，不是因为人物小传写得不够清晰，而是连剧本大纲都没构建好。丝丝入扣而跌宕起伏的故事，才配得上重量级人物登场。成为更好的自己，才配得上主角的地位。

在为了生存而生活的日子里，叶薇改掉了混吃等死、得过且过的浑噩臭毛病，丢弃了习惯性依赖的狗皮膏药癌，踩碎了脆弱的玻璃心和爆棚的自尊心。最重要的是，她真的没工夫再想沈澈，甚至没有想任何人，只是静静地活着，与内心滋长出的另一个自己共存。

曾经坦诚赤裸地奉上真心，给每一个过客肆意展览伤口，摇尾乞怜般讨要一丝怜悯，却不知亏待的那一人就站在身后，我们都忘了转过身面对自己。

些许心疼，未及顾影自怜，只是给她一个拥抱，告诉她，从今往后，路途遥远，浮世庸扰，我们相依为命。也告诉她，即使全天下的人都抛弃你，我也不会，即使全世界的人都不爱你，我也爱你。

叶薇学会独自解决大小琐事，也逐渐懂得照顾家人。她为了减肥去健身房跑步、做器械、上操课，也去练瑜伽修身养性；她与曾经不齿的健身房小伙伴们关系融洽，也与超市和菜市场的大妈们打成一片。她从不会开火的生活白痴，练就成各式厨艺精通的家庭大厨，菜式丰富精致，且会烘烤各国糕点。她听歌看电影依然会热泪盈眶，但再也没有于人前掉过眼泪。她开始护肤美容，化妆美甲，买衣服打扮自己，也闲来无事泡在书店读书、买书，有闲钱的时候便去大千世界兜兜转转，享受一个人的旅行和孤独。

孤独是最有安全感的状态，无依无靠才不会患得患失。

人群中的孤独会给你很大动力，会让你变得强大。因为你要努力证明给那些人看，你的孤独的确是因为你的不合群、你的不善言辞、你的不懂人情世故，但更因为你的与众不同能够配得上这份孤独。

叶薇恨沈澈，深入骨子的那种恨，爱到绝望的那种恨，恨到她想飞到美国把他阉割了，恨到她想找沈澈妻子摊牌掐架，恨到她想随便找个人嫁了，恨到她想杀人也想自杀。

但渐渐地，当她的生活在孤独里浸泡，从干瘪到臃肿，从只有他到他的分量微乎其微直至不见，她终于站在人群中兀自孤独地笑着。

她笑着说："我始终相信真爱，但是有时不再相信我会遇见真爱。"

她笑着说："以前期望喜欢的人，能跟我一起长大，也能陪我一起变老。现在只想独自修炼成天下无敌，再遇见势均力敌的对手，若是能够双肩合并，就跟他一起长生不老。"

她也笑着说："我讨厌我面对陌生人不再紧张胆怯说不出话，讨厌我见到喜欢的人不再脸红害羞心跳加速，讨厌我不再倾心放浪不羁爱自由的坏少年，讨厌我的生活支出多了维护友情费和人情债的款项，讨厌我不再冲动决绝撂狠话，讨厌我磨平棱角拔掉刺，讨厌我变得越来越好。但我也知道，我必须成长。"

原来最狠的报复，不是若无其事，而是变成更好的自己。

到午夜十二点的钟声敲响，才幡然醒悟，南瓜车不会变成宝马，王子不过是光鲜亮丽、身骑白马的骗子，我们也注定是不会变成公主的灰姑娘。开始以为遗失的，只是一碰即碎的水晶鞋，后来才懂丢掉的，是一去不复返的青春。

所谓成长，就是由泪腺敏感到一触即发，变成即使在劫难逃的艰难境地，即使不得不独自抹一把辛酸泪，也要流着泪、咬着牙、滴着血，向前奔跑，至死方休。

也许有一天，我们会成为全世界那七十亿分之一的幸运儿，遇见命中注定的真爱，并让这般奇迹永远盛开不凋谢，然后幸福得旁若无人、恬不知耻，但会永远铭记的，是大团圆结局之前的日子里，一个人是如何孤独地挺过来。

结束向来只是开始，人生何处不是舞台。

多年之后，叶薇的连载小说被出版成书，名为《后青春抛物线》。因为没名气、没资金宣传，小说出版后并未如石子入河产生强烈反响，叶薇的生活也一直勉强维持，未有改观。

这个世界并不属于有才华的人，但有才华的人一定拥有他们的世界。

小说出版后销声匿迹很久，直到某天一家影视投资公司突然联络到叶薇，希望将她的小说改编成院线电影。电影上映后，媒体与观众开始注意到背后这个一文不值的无名小卒，她的小说如隔了多夜的饭再次翻炒出锅。

命运的转机如此诡异荒唐，如同那操控之手随心所欲地将你拨向万丈深渊，阳光明媚时伸个懒腰、打个哈欠，又将摇摇欲坠、岌岌可危、临渊握紧救命树枝的你，从悬崖边捡起，随意一甩就扔到了巅峰。

时来运转后的叶薇一如既往，虽因吃素而日渐消瘦，却俨然一副脚踩风火轮的女汉子模样。每年春天，地球只是多转一圈，而她吹了蜡烛许了愿，褪去一层又一层的稚嫩，穿上一件又一件的盔甲。只要出门见人，永远嘴角上扬，假装不再念旧。

于是，28 岁的她双手合十，心中默念，愿自己还心存 8 岁的天真，身披 18 岁的勇气。

偶然间，她路过曾经与纪念、萧林风、沈澈、苏凡去过的那家甜品店的位置，那个见证并标记了她青春的地方。

沧海桑田，时过境迁，甜品店已经变成咖啡馆，咖啡馆门前新栽了可以遮风避雨的槐树和玉兰树，在这样春末夏初的时节，开出白色花朵。阵阵微风邀花朵共舞，站在铺满白色花瓣的地毯上，叶薇也有幸参与到这场梦幻舞会中。叶薇抬头定睛在咖啡馆的店名上——Destiny。她愣了半晌，不知不觉地推门进入。

阳光穿透郁郁葱葱的叶子，投影进大扇大扇圆形的彩色玻璃窗，就连天花板都是彩色玻璃做成的，咖啡馆里都变化折射着五彩斑斓的光线。

暖色调光源，碎花壁纸，舒适沙发，一面墙的书架摆放着满满的藏书，还有一面墙可供人们粘贴各种照片、明信片、便利贴，上面写着心情，写着回忆，写着梦想，也写着想对某个人说的话。

门口满是花朵盆栽，窗边和每个桌子都放着多肉盆栽，播放着吉他伴奏的安静歌曲。店员在吧台研磨和冲泡咖啡，并烘烤制作甜点。音乐在空气介质中，糅杂着淡淡的花香、书香、咖啡香、蛋糕香。

一个楼梯通往天台，小小的天台在树荫下，可以观望日落星辰，也可以俯瞰人来人往。小黑板上写着，今晚会举办小型的音乐会。

一切的一切，与她曾经悉心保护的小梦想如出一辙。然而此时此刻，万般心绪，却无关梦想，而是被无限思念填满。过往种种，那些模糊的面孔与陌生的名字，一一划过内心，又如同他们的身影，在这样的和煦春风里，随白色花瓣，飘向远方，无影无踪，徒留花香沾身。

夕阳西下，她站在天台，站在落英缤纷下，听见身后有人呼唤她的名字。她转身，与他相视一笑。

所有顺其自然，都是费尽心机。

此人正是这家店的老板——苏凡。

相遇或重逢是最好的终点，因为那意味着还没到结束。

可故事依然没有定格在这最美好的一瞬。

咖啡馆门前的两棵树，经历着一个又一个春去秋来，上演着一出又一出的悲欢离合。

又是许多年之后，婚后的叶薇和苏凡，有一男一女两个孩子。苏凡开办了自己的杂志社，叶薇偶尔出书，偶尔为报刊写专栏。

最好的爱情，是助你成为更好的自己，也与你一起变成更好的人。

他们一同经营着这间咖啡馆，在店里养了两只泰迪犬，叫抹茶和咖啡豆。闲来无事时，叶薇坐在窗边写写东西。忙碌的下午，她会自己研磨和冲泡咖啡，自己烘烤制作甜点。夏季周末的夜晚，小天台经常举办小型的音乐会。

日子随枝叶发芽，随繁花散落，随彩色玻璃窗折射的流光溢彩变化无常，随光影下的吉他声律动，随旋律里的咖啡香飘向远方。飘向行尸走肉般步履匆匆的上班族，飘向困在车水马龙里烦躁不安的司机，飘向用生命穿梭于车辆间发房地产广告单的小贩，飘向在路边摊吃烤串、喝啤酒、侃大山的姑娘小伙，飘向捡拾垃圾桶里剩余肉串的乞丐，飘向光明正大在车站牵手接吻的初高中生，飘向地铁站这个现代集中营里面无表情的众生。

坐地铁从远方风尘仆仆而来的夏蕾，提着大大小小的行李箱，在咖啡店夜晚关门前赶到。

几年间，夏蕾与她曾经爱到死去活来的台湾陈欧巴，历经了复合、分手、再复合、再分手，来来去去几个回合。陈欧巴可以气势汹汹地卷土重来，说为了夏蕾离婚，也可以无所顾忌地爱上更年轻漂亮的姑娘，把她一脚踢开。把所有青春倾注在这个男人身上的夏蕾，与多年前一样似乎终于死心，她与一个法国人交往一个月，次日便要随他去周游列国，带着诗歌去远方流浪。

叶薇："都三张了，还不安分点！"

夏蕾："不忿人生苦逼，必须作死到底。"

叶薇关门准备带夏蕾回家，却被眼尖的夏蕾看见橱柜里的伏特加，她拿了两个杯子，挑挑眉毛。

叶薇："明儿一早你六点的飞机！"

夏蕾："人生得意须尽欢，今朝有酒今朝醉。"

叶薇："你什么时候当起诗人了？"

夏蕾："还有下句：放浪不羁爱自由，永远向前不回头。"

临行前夕，叶薇和夏蕾就着酒和音乐，彻夜长谈，提起了从前的那些人。

有一回，叶薇去小学接儿子，遇见了同样来接孩子的韩依依。韩依依与萧林风分手后一两年，就和现在的老公结婚了。隔着人群，两人不敢相认，竟是韩依依主动走来与叶薇攀谈。

得知叶薇与苏凡结婚后，韩依依大惊，端详着叶薇的儿子："他一点都不像苏凡，完全随你。"

叶薇只笑而不语。

萧林残废后，一直颓废潦倒，却也挡不住他风流快活。

明星江楠出狱后，一再被封杀，戒毒后严重发福，面目全非，不仅不复当年，还患上忧郁症，后来自杀未遂。

唯有沈澈和纪念，真的彻底从叶薇的世界消失了。

第二天清晨，苏凡和叶薇开车送宿醉未醒的夏蕾去机场。夏蕾随法国男友入关后又回望，远远地朝他们挥手。像她说的，永远向前不回头。可是这一别，再见却是遥遥无期。

叶薇与苏凡离开机场，若是将镜头后退，定格在某一帧，再把后景放大，你会发现在叶薇与苏凡身后的人群中，隐约有一对熟悉的身影，他们刚刚出关。

有多少人生，最终只变成别人的背景。

叶薇看着梳妆镜中的自己，笑起来时，眼角已刻上道道皱纹，鬓角也染上丝丝白发。苏凡闯入卧室，发现正在拔白头发的叶薇，想要上前帮忙，却被叶薇矢口拒绝，尴尬情急之下，她只得把头发披散下来打乱。

苏凡不肯离去，欲言又止，却被手机电话叫走。

叶薇出了卧室，发现苏凡在厕所鬼鬼祟祟接电话。

苏凡语气温柔依旧："我知道今天是你生日，可是早就答应好她了，怎么推托啊？"

当天是七夕节，恰好也是苏凡暗恋多年那名女子的生日。

叶薇睁一只眼，闭一只眼，到厨房做早饭。苏凡在客厅转悠了一会儿，进厨房后却一直无法开口。

叶薇看着玻璃门反射中苏凡难为情的样子，替他开口："有事？"

苏凡支支吾吾："嗯……没有啊。"

叶薇："今晚的演唱会，Daisy 也想去，如果你有事，不如……"

苏凡："好啊！"

Daisy 是咖啡店里打工的小姑娘，当天下午 Daisy 请假提早下班，相约与男朋友共度良宵。

叶薇询问店里另一个店员："你也有约？"

那人不好意思地点点头："七夕嘛。"

时隔多年，叶薇终于如愿来工体看五月天演唱会。她独自坐在万人体育场内，旁边是一对又一对为庆祝七夕而来的亲昵情侣。

演唱会尾声，阿信让全场观众掏出手机，打给喜欢的人。

叶薇拿出手机发呆，她翻开最近通话记录，看向占据榜单前几位的苏凡，想了想又把手机放下。

五月天开始唱那首《突然好想你》。

就在此时，叶薇的手机突然震动，是个陌生号码。若是平时，她一定挂断，但那刻却鬼使神差地接通了。

那个人的声音如此熟悉，她听着电话那头，传来演唱会现场的回响。她不受控地在偌大的体育场内跑动，与那个人一样发疯般地四处找寻彼此，殊不知在某个隔着人海的地方，他们已经擦肩而过。

"最怕此生已经决心自己过，没有你，却又突然听到你的消息。"

歌曲接近尾声，叶薇手机没电关机，她终究没与那人见面。

演唱会散场，下起阵雨。人群如洪水溃堤，喷涌而出。淋湿的叶薇被拥挤着推向街道，被一双手一把拉住，拖出队伍。

叶薇纳闷："你怎么在这？不是有事吗？"

苏凡打着伞，拉着她走向远处的停车场："想着散场人多又下雨，你肯定打不着车，就提早离开了。"

她凝视苏凡的侧脸，依旧棱角分明，看不出任何岁月洗礼的痕迹。

在那条似乎永远走不完的路上，昏黄灯光逐一路过闪烁，行人和车辆通通让道消失，一把红色雨伞下，苏凡紧紧牵住叶薇的手。

即使所有人都在原地等候，我们也只能在孤独中渐行渐远。如果幸运，便会有人与你同路，风雨无阻。

成长教会我们的，除了奔跑，还有宽容。允许他人犯错，也放手自己的过往。

咖啡馆经营初期常年入不敷出，据苏凡所说，有投资人从一开始便在背后赞助，才得以维持，唯一条件就是不能让叶薇知道投资人真正身份。

近些年来，咖啡馆经营逐渐好转，他们向投资人的户头汇去盈利分成。钱款这些事项都由苏凡负责，叶薇只管打理日常。

那段时间，苏凡为杂志社去南方出差，叶薇掌管咖啡馆，汇款时注意到那个投资人银行卡号归属地竟是美国洛杉矶。沈澈也在洛杉矶。

　　苏凡从不提，叶薇便不问，但她心里清楚，此投资人并非沈澈，却定与沈澈有千丝万缕的联系。

　　直到后来在叶薇逼问下，苏凡才向她讲出实情。

　　晓静回北京后，来咖啡馆找叶薇。

　　晓静坐在窗边，叶薇为她端来一杯摩卡。晓静往里加两块糖，左手无名指上戴着一枚夺目钻戒。这并不是普通钻石，而是阿杰一部分的骨灰提炼而成。

　　兴许是岁数大了，生活无趣，叶薇和晓静只得在寒暄过后，聊起过往。

　　叶薇出于好奇，问出深藏心中多年的疑团：当年为什么那么想不开追求沈澈？

　　晓静一口摩卡喷叶薇一脸，吃惊又哭笑不得，大呼冤枉，一再解释她从来没有追过沈澈，是当年沈澈与阿杰竞争，同追晓静，结果沈澈败北。晓静是个从来不会撒谎的人。

　　晓静偶然提起以前他们四个人聚餐，趁着叶薇去洗手间，阿杰就问沈澈为什么要跟叶薇在一起。沈澈做无所谓状，干一口啤酒，开玩笑说："能为什么？当然是北京户口了！"余下二人死活不信，沈澈一本正经，坚称自己一心向户口，对胸小脾气大的叶薇并无爱意。

　　"所以后来沈澈为了美国绿卡，娶一个他根本不爱的女人，我一点也不诧异。"晓静往第二杯摩卡里加糖时说着，"有时候，玩笑话才是真心话。"

爱情这件事，有的人只走心，有的人只走肾，有的人只走脑子，还有的人既走心也走肾，但是心和肾都走脑子。沈澈就是这样。

叶薇曾经以为感情会输在时间、矛盾、物质、异地恋、第三者上，没想到最后却败给自私自利、无情无义。

但叶薇猛然回想起容姐，想起在救护车里的纪念拼命想抓住的，她淡淡一笑，看向窗外。我们都没资格站在某种高度去指责批评任何人，或许当我们明白通透，对于曾经的那些恩怨是非，那些执迷不悟，都能看淡一点。

聊天接近尾声，晓静才坦言，此行回北京是为了参加沈澈的第二次婚礼。

沈澈博士毕业后，进入某大型公司，由职员爬到中层管理人员，现在已摇身成为全球五百强的亚洲区高管。他拿到正式绿卡几年后，果然与 Rebecca 离婚，期间穿行于花红柳绿，沉沦于灯红酒绿，最终还是被现在的妻子搞定。据说二人气场相投，一拍即合，是同行业内的金童玉女，上床后第三天就领证了。

"沈澈向我打听你近况，还特意给了我两份请柬。"晓静推给叶薇一份沈澈的结婚请柬，"我知道你不会去，但是意思我替他传达到了。"

叶薇翻了翻请柬，上面全是英文，甚至没有新郎新娘的中文名字。

叶薇会心地笑了："去啊，为什么不去？"

　　沈澈的婚礼身居五星酒店的隐秘宴会厅，现场被装饰成粉紫色的鲜花森林，地毯是用花瓣铺展的，门是用鲜花包裹的，顶灯、吊灯、小桌灯都是用鲜花点缀的。花儿都是打着飞机从境外空运而来，每朵都娇艳欲滴地抬着高贵头颅，每隔一个小时，就有工作人员把那些行将枯萎的替换掉。对细节如此严苛讲究，定是新娘的操办成果。

　　参加婚礼的人，都是身份显赫的达官贵人，穷酸的亲戚朋友一律不在邀请之列，就算受邀，他们也付不起高额的随礼金。这种高端庄重的场合，重要的不是情深谊重，而是不跌面儿。

　　晓静看时间，婚礼进行过半，新娘去换另一套礼服，仍不见叶薇身影，估摸着她声称要来也只是死要面子的说笑。

　　踏上花瓣红地毯，走过拱形鲜花门，身处幽静紫色灯光，穿着白色高跟鞋的叶薇，在签到处给了礼金即欲离开，她转身却与正在轮流敬酒的新郎沈澈四目对峙。

　　时过境迁，沈澈已由原来玉树临风、潇洒倜傥的翩翩少年，变成有啤酒肚、有络腮胡、有满脸横肉，甚至有点谢顶的中年大叔。岁月最残酷的部分，不是你没有和当初最爱的人白头偕老，不是久别重逢后已各自成家立业，有他人相伴，而是你看到那个当年的他，已经面目全非。他看你的眼神仍旧似曾相识，只是其中混沌无光，朝气不再，激情不再，温柔不再，满是饱经沧桑和深不见底的陌生。

　　他们之间隔着的，不是几张桌子、几声欢呼，不是茫茫人海、一截路程，阻碍他们的也远不止天各一方、昼夜相迭，而是缺席彼此人生那漫长的一段岁月。他们曾经满心欢喜，立下山盟海誓，以为找到此生定不负我的那颗心、那个人，可以执子之手，与子偕老。但他们偏偏在命运的迷宫中走散，当初紧握的手，竟也那般轻易松开。

万水千山，即便风雨兼程，快马加鞭，也无法跨越的这段距离，便是时间。

缘起缘落，幻生幻灭，皆成寻常。

他们之间，人们欢声笑语地起哄、雀跃、醉酒。叶薇看不清面红耳赤的沈澈，仰头干掉一盅又一盅白酒，沈澈也看不清叶薇扭头转身离开时，是眼角带泪抑或嘴角带笑。

签到处的人拆开叶薇给予的"礼金"，红色牛皮纸里包装的是她写的第一本书《后青春抛物线》。换好礼服回宴会厅的新娘从旁路过，瞥见工作人员手里的那本书，立即抢来翻开。书的扉页里夹着一张支票，支票上的金额除了应有礼金，恰好也还清了咖啡馆从投资建立到经营补贴的一切费用。

当年叶薇走投无路之时，是她向跳槽网站的小菲力荐只会写作的叶薇；在叶薇的小说出版后毫无反响之时，是她带着小说、吃着闭门羹，一家一家影视公司去说服改编成电影，并发动所有她尚存联系的传媒界人士帮忙，在各个网站推荐；在她后来混得风生水起之时，偶然从苏凡那里打听到叶薇的那个小梦想，是她嘲笑着说"幼稚"，而后义无反顾地给苏凡投资了这家咖啡馆。她就是沈澈的妻子、这场婚礼的新娘。

新娘抱着书，踩着十厘米高的细跟鞋，冲出酒店，却早已不见叶薇踪影。

晴天大日，微风扬起。她伫立门前，拿起手中的书，翻到扉页，掀开支票，书上赫然写着："祝你幸福，且好合百年。"

新娘抬起头，绽开纪念招牌式的笑容。

那个连优秀都远远不够，要活得惊艳才行的纪念，却从未像此时此刻一般笑得如此惊艳，如此自然而真挚。

走在路上的叶薇，也心有灵犀，回眸一笑。

"平面内，到定点与定直线的距离相等的点的轨迹叫作抛物线。"

高中数学课，纪念传纸条给叶薇，纸条穿越层峦叠嶂，安全无误地被护送到叶薇手里。叶薇拆开纸条："下课还去那家甜品店吧！"随赠小太阳和两个可爱的表情。

叶薇回头看向纪念，朝她微笑点头示意同意。

"其中定点叫抛物线的焦点，定直线叫抛物线的准线……"数学老师边把概念读得一字不落，边能拿粉笔瞄准正在回头的叶薇，精准程度堪比狙击手。被粉笔头击中的叶薇，还被老师叫起来回答问题。

"背遍概念！"

叶薇摸不着头脑，光端详着数学老师那张大长脸。

"连我讲什么都不知道！平面内，到定点与定直线的距离相等的点的轨迹，叫什么？！"老师眼镜下那双小眼睛死盯着叶薇，像是有八辈子仇一样，若是答不出就得把她活剥生吃了。

叶薇脑子里唯一的概念和公式只有：数学课＝走神放空时间。在四周人提醒声一片中，她单单只听见了纪念的声音，于是不假思索地说出："抛物线！"

老师叫她坐下后，又唠唠叨叨、东拉西扯地劈头盖脸骂一顿："你说你们成天上课不听讲都想什么呢？！不听课你高考能上一本线吗？！你就算上了500分，那一分都不止一操场呢！何况你这连基本概念都不知道，还指望上500分？！门儿都没有！！！……"

叶薇压根没入耳这些毁人不倦的打击式教导，她坐下后回头望向纪念，纪念也在捂着嘴向她微笑。

故事之后，还有故事。

青春散场，还有青春。

青春散场的后青春，是我们走出校园、踏上社会，爬在叶子上随波澜壮阔的世界而浮沉起落的身不由己。大风大浪把亲人卷走，把朋友吹散，把爱人带向远方，我们想要抓住一切，却依然失去了所有。

在人生的象限中，截取一段圆锥曲线，那条随命运与时间而变化的轨迹，便是我们后青春的抛物线。有巅峰，有滑坡，有昂扬斗志，有失掉自我，有携手大笑共渡难关，有孤独挺过几多时日。

我们如愿以偿改变了世界，但是我们也终被改变了。

不再怨声载道，不再怒气冲天，渐渐相信有些人闯入又缺席，是为了教会我们珍惜不离不弃。

欢迎每一个离人归来，也懂得每一个甩手走人不回头，愿所有怨恨在时过境迁后皆可化为释怀，愿所有爱过在物是人非后都能凝为不朽。毕竟，这些爱恨情仇，都是青春留给我们的遗物。